Über das Buch

Wunderbare Geschichten, bei denen uns auch ein kleiner Schauer über den Rücken laufen kann.

Das Leben fließt mit all seinen Veränderungen

Diese Alltagsminiaturen sind Momentaufnahmen einer Gedankenwelt, die wir zu kennen glauben, wenn wir genau in uns hineinhören.

Kleine Exkursionen in „Innere Welten" mit feinem Humor.

Tom Witkowski (Hrsg.)

Alltagsminiaturen

Band **3**

Ralph Jacob

Bibliografische Informationen
der Deutschen Nationalbibliothek:
Die Deutsche Nationalbibliothek verzeichnet diese
Publikation in der Deutschen Nationalbibliografie;
detaillierte bibliografische
Daten sind im Internet über dnb.de abrufbar.

1. Auflage März 2023
Herausgeber: Tom Witkowski
https://de.wikipedia.org/wiki/Tom_Witkowski

Texte © Ralph Jacob
Titelbild: © Michaela Halder
Gestaltung: Tom Witkowski

Herstellung und Verlag:
BoD - Books on Demand, Norderstedt

BAND **3**

ISBN: 9783750432307

Inhalt Band 3

Bettgeschichten

Die kurze Geschichte einer langen Zweisamkeit

Sie wartete bis gegen fünf, bis die Blase sie aus dem Bett trieb, dann hatte sie endlich einen Grund aufzustehen. Zuvor lag sie schon lange wach, hätte aufstehen können, aber was tun? Gegen halb sechs hörte sie die Klappe vom Briefkasten schlagen. Die Zeitung war da. Damit begann endlich der Tag. Schon lange schlief sie schlecht und führte einen aussichtlosen Kampf gegen die aufdringlichen Gedanken. „Nimm doch vorm Schlafengehen eine warme Milch mit Honig." Wie sie diese Tipps hasste. „Ich hab Zucker." „Ein warmes Bad mit Kräuterzusatz!" Sie hatte nicht einmal eine Badewanne. Bisweilen zählte sie die Blumen an der Tapete, so lange, bis die Augen brannten, löste Rechenaufgaben im Kopf, aber niemand kontrollierte das Ergebnis. Als Edmund noch lebte, konnte sie seinen unregelmäßigen Atemzügen und dem

Schnarchen zuhören. Gleichwohl schlief sie nicht, aber es lenkte von den Gedanken ab.

Sie hatte sich damit abgefunden und klagte nicht, stand gegen fünf Uhr auf und lauschte auf das Eintreffen der Zeitung. Bis auf die Sonntage, wenn keine kam, begann so jeder Tag.

Zuerst die Todesanzeigen, das andere interessierte sie kaum, nur die Überschriften der lokalen Nachrichten überflog sie noch. „Bauer ertränkt Waschbär", „Hamsterfell in Brot gefunden", „Unfall am Kreisel." Na und? Wen interessierte das?

Wer gestorben war, ja, es könnte sein, sie kannte wen. Es wurden weniger. Die mit ihr zur Schule gegangen waren, von denen waren nicht viele übrig.

Zeitung, Kaffee, Zigarette, so begann der Tag. Noch ein Blick in die Ecke über dem Schrank. Sie war noch da, die schwarze Spinne. Sie nannte sie Grete.

„Warum gehst du nicht zu Beerdigungen, du musst unter Leute?" „Ich brauch keine Leute." Matt winkte sie ab, lasst mich doch.

Abwechslungen suchte sie nicht. Alle Tage zogen sich gleich hin, so genügte es ihr. Ließ es die Witterung zu, ging sie freitags zum Friedhof hoch, nicht gern, es strengte sie an. Sie tat es, weil sie es Edmund schuldig war, tauschte verblühte Blumen gegen frische, zupfte Gräser weg und kehrte um. Zum Beginn des Winters deckte sie Reisig auf das Grab.

Sie saß am Küchentisch und stützte beim Rauchen das Kinn in die Hand. Der bläuliche Rauch löste sich kräuselnd in nichts auf. Dann und wann streifte ihr Blick die Todesanzeige an der Scheibe der Vitrine gegenüber, Edmund Kohlhorst. Da klebte sie seit Jahren, das Zeitungspapier gilbte bereits, vom Küchendunst waren die Ränder eingerollt, der bräunlich verfärbte Klebstreifen begann sich zu lösen. Eine schlichte Anzeige, ebenso einfach wie die Inschrift auf dem Grabstein. Kein Kreuz, nur sein Name, zwei Jahreszahlen, fertig. Kein Bibelvers, kein Sinnspruch. Ganz unten ihr eigener Name.

Sie mochte Sterbeanzeigen nicht. In den letzten Jahren war es Brauch geworden, ein Foto einzufügen. Sie schüttelte den Kopf, wenn sie die Gestorbenen auf dem Motorrad sah, am

Steuer ihres Motorbootes oder mit dem Pferd. Ihrem Edmund hatte sie ein schlichtes Inserat zugestanden. Über Tote soll man nichts Schlechtes sagen; auch nicht über Verbrecher? Der Heimgegangene hinterließe eine Lücke, stand oft in den Nachrufen. Manche kannte sie und wusste um die Verlogenheit. Manche Lücke war wie die nach einem gezogenen Zahn, zwar fehlte etwas, aber es brachte Erleichterung.

Edmund kannte sie seit der Schule, anfangs hatte sie ihn Eddy genannt, später Ede. Auf seinem Grabstein stand Edmund.

Morgens am Tisch, mit Zeitung, Kaffee und glimmender Zigarette, das waren die schönsten Minuten des Tages. Sie legte den Kopf zurück, wenn der Qualm in den Augen biss, dann fiel ihr Blick auf die Anzeige an der Glasscheibe gegenüber. Die vier Jahre waren schnell vergangen, zweiundsiebzig war er geworden.

„Und, es ist doch sicher schlimm, so allein."

„Ich war vorher schon allein. Jetzt sprech ich mit den Wänden."

Wenn es zu ruhig war im Haus, ja, dann fehlte ein bisschen Leben. Es müsste nicht er sein, ein Hund hätte es auch getan. Aber die Arbeit mit dem Tier, nein.

Nach seinem Tod hatte sie als Erstes das Wasserbett durch ein ganz normales ersetzen lassen. Bisweilen dachte sie an den Kampf. Lange lag das zurück, es war um seinen Fünfundsechzigsten herum, aber in der Erinnerung war es wie gestern. Ihr Gefühl für die Zeit war verändert, die Jahre wurden kürzer, anderes dauerte länger. Erbittert hatten sie damals gekämpft, keiner war gewichen, verbissen hatte jeder seine Position behauptet. Seine Dickköpfigkeit hatte sich schließlich durchgesetzt, aber das auch erst, nachdem der Hausarzt sich in den Disput eingemischt hatte. Sie wollte das Wasserbett nicht. So ein Unsinn, nur weil das gerade in Mode war. Es ginge kaputt und dann stünde die ganze Wohnung unter Wasser. Der Einwand war schwach, solche Matratzen galten als denkbar robust und gingen so gut wie nie kaputt. Dann war das Bett da. Es vergingen wenige Wochen, bis sie sich versehentlich auf die Schere gesetzt hatte, die von ihrer Näharbeit noch auf dem Bett lag.

„Das hast du mit Absicht gemacht, damit das Bett wieder verschwindet."

Sie hätte es nie eingestanden, selbst wenn er recht gehabt hätte. Der Techniker hatte das Loch verklebt, also blieb das Bett da.

„Bleib still liegen! Das Schwappen macht mich seekrank. Du hast wohl vergessen, wie leicht mir schwindlig wird."

„Unsinn, kein Mensch wird im Bett seekrank."

Sie hatte sich geschämt, als Edmund im Beisein des Verkäufers von Sex auf diesem schwabbeligen Untergrund geschwärmt hatte. Für die vielsagenden Blicke hätte sie den beiden Männern am liebsten eine Ohrfeige versetzt. „Such dir eine Andere für sowas." Und hatte Edmund mit dem Verkäufer alleingelassen. Sollten sie verhandeln, lieber guckte sie sich Couchgarnituren an. Er ließ sie nicht in Ruhe, auf immer neue Ideen verfiel er.

„Ein Mann in deinem Alter, und solche verrückten Gedanken!"

Tatsächlich schien er von der Vorstellung besessen, sein jugendliches Temperament käme zurück mit der Folge ungestümer Nächte. Für sie hieß der Vorgang Beischlaf; sie betrachtete ihn als Notwendigkeit, der sie sich gelegentlich zu fügen hatte. Aber romantisch war das nicht, sogar wildromantisch sagte er einmal, das fand sie furchteinflößend und, Gott behüte, in keiner Weise verlockend. Im Meer oder Schwimmbecken hatte sie nichts gegen sanft wiegende Wellen. Aber im Bett, womöglich bei einem unkontrollierten Kraftakt, undenkbar. Der Zwist hätte noch länger dauern können. Doch dann hatte Edmund seinen Hausarzt als Sekundanten gewonnen, und dessen Wort hatte Gewicht. Seit diesem Moment war ihr Pulver verschossen.

„Gönnen Sie ihrem Edmund diese kleine Freude."

In dem Arzt hatte er einen gewichtigen Verbündeten. Keine Gelegenheit ließ der verstreichen, ohne erneut das Gespräch darauf zu bringen.

„Für seinen Rücken wäre das Balsam. Ich erzähle Ihnen nichts Neues, wenn ich seine kaputten Knochen erwähne. Osteoporose, Sie wissen ja, woher das kommt. Ihr Mann ist viel zu dünn. Der braucht Kalorien und weniger

Alkohol. Also tun Sie ihm den Gefallen mit dem Wasserbett."

Edmund trank, ihm schwindelte, er stürzte, und schon war wieder etwas gebrochen.

Von dem billigsten Bett hatte der Verkäufer abgeraten. Die Doppelmatratze sei nicht gedämpft.

„Das schwappt nach und hat sich erst nach einer halben Minute beruhigt. Nehmen Sie eins mit Beruhigung, so nennt man das, dann ist nach höchstens zwei Sekunden wieder Ruhe. Glauben Sie's mir, ohne Dämpfung bekommt der Andere jede Bewegung mit."

Ihr war, als musterte der Verkäufer sie von oben bis unten, bevor er fortfuhr:

„Bei einem etwas besseren Bett besteht auch nicht die Gefahr, dass Sie ihren Mann hinausschmeißen."

„Wie meinen Sie das?"

„Na ja, stellen Sie sich vor, er liegt schon und Sie setzen sich mit Schwung hin, ich meine, so richtig mit Schwung. Dann könnte es schon mal sein, dass Sie ihn hinauskatapultieren. Theoretisch, meine ich."

Sie wusste, dass er damit auf ihr Gewicht anspielte, dass er sie auf doppelt so schwer schätzte wie ihren Mann.

Nein, es blieb bei der einfachen Variante, da gab es keine Diskussion mehr.

Wenn schon Wasserbett, dann das billigste, darin war sie unerbittlich geblieben. Schon bald hatte sich herausgestellt, dass der Verkäufer nicht übertrieben hatte. Seine Warnung klang ihr noch im Ohr. Wenn sie sich auf dem Bett bewegte, gab es auf seiner Seite ein Auf und Nieder wie bei einem Boot in heftiger Dünung. Bereits den ersten Paarungsversuch brachen sie ab, das Waghalsige dieses Unternehmens hatten sie unterschätzt. Sie hatte es nicht bedauert, denn von da an war Beischlaf ein Geschehen, an das die Erinnerung allmählich verblasste.

Richtige Gespräche waren selten geworden mit der Zeit. In ihrem langen Beisammensein hatten sie sich so gut wie alles gesagt, und für den Rest kannten und verstanden sie sich ohne Worte. Eine kurze Bemerkung, wenn Butter oder Kaffee fehlten, oder dass das Schwein des

Nachbarn beim Schlachten unsagbar geschrien hatte, sonst aber waren die Tage weitgehend still. „Halt bitte meinen Rucksack, ich muss mal", war oft der einzige Satz, der beim Spaziergang fiel.

Jeder hatte seine Rolle. Sie führten ihr Stück auf, ohne Proben, ohne Textbuch, über Jahrzehnte Tag für Tag in gleicher Weise. Veränderungen schlichen sich ein. Schließlich glich nichts mehr der Premiere.

Ob Liebe dabei gewesen war? Bisweilen fragte sie sich das. Vielleicht anfangs, aber nicht einmal da war sie sich sicher. Seit der Kindheit waren sie beieinander, und es stellte sich nie die Frage, ob sie zusammenblieben. Leidenschaft, nein, Leidenschaft war nicht dabei. Gelegentlich stand in der Zeitung etwas von Tötung aus Leidenschaft, aber das sagte ihr nichts.

Aus Zuneigung war Gewöhnung geworden, dann Gewohnheit, Gleichgültigkeit wich Abneigung, Widerwillen und schließlich wurde Abscheu daraus.

Unmerklich wie Jahreszeiten hatten sich ihre Empfindungen geändert. Sein Leben war zu

Ende, gerade rechtzeitig, womöglich hätte sie ihn noch gehasst.

Schlug der Wind eine Tür zu, schrak sie zusammen. Dann war es wie damals in der Nacht. Da war auch so ein Knall. Er musste mit dem Kopf auf das hölzerne Fußbänkchen aufgeschlagen sein, das sie ihm eigens hingestellt hatte, damit er besser ins Bett käme.

Sie erinnerte sich nur an den Schlag. Wie es dann weiterging, hatte sie vergessen. Auf einmal drängten sich Männer in dem engen Schlafzimmer. Die Enge war beklemmend. Die Beiden in den schwarzen Anzügen. Der in dem weißen Overall wie ein Anstreicher. Polizisten, ein Arzt.

Einer hatte das Fenster aufgerissen, so warm und dunstig war es geworden.

„Warum ist die Polizei hier?" hatte sie gefragt.

„Das sei kein natürlicher Tod, hat der Arzt gesagt. Da müssen wir tätig werden. Wenn jemand aus dem Bett fällt und sich den Hals bricht, ist das ja auch nicht natürlich."

„Wir gehen dann mal wieder."

Die beiden Bestatter in ihren schwarzen Anzügen wandten sich nochmal um.

„Sie rufen uns, wenn Sie fertig sind."

Ihre Gesichter hatten nichts von der gekonnten Traurigkeit verloren.

„Können wir irgendwo ungestört reden?"

Wo sie jetzt jeden Morgen saß, auf die Spinne und zuweilen auf die Anzeige sah, da hatte sie in jener Nacht mit dem jungen Polizisten gesessen.

„Schildern Sie mir bitte mal den Hergang."

Da war kein Hergang. Alles, was sie sagte, jedes Wort, schien es, notierte er in einem Büchlein. Oft unterbrach er sie, fragte nach, ließ es sie noch einmal schildern. So, als hätte er sie nicht verstanden. Oder misstraute er ihr? Als hätte sie ein Verbrechen begangen! Jede Einzelheit war ihm wichtig. Aber an Einzelheiten erinnerte sie sich nicht.

Sie sei an dem Knall erwacht, habe das Licht angeschaltet, da sei er nicht mehr im Bett gewesen.

Es habe ein bisschen gedauert, bis sie aufstehen und um das Bett herum auf seine Seite habe gehen können.

„Meine Gelenke, verstehen Sie?"

Der Polizist nickte verständnisvoll. Na ja, da habe er auf dem Boden gelegen und sie habe die 112 angerufen. Lebenszeichen?

„Nein, ich hab ihn angesprochen, dann gerufen, dann habe ich ihn gerüttelt. Er hat ja auch nicht mehr geatmet, überhaupt nicht reagiert."

Wiederbelebung?

„Gucken Sie mich doch mal an! Ich komm ja nicht mal richtig auf den Boden runter."

Sogar nach Details aus ihrer Ehe hatte der Polizist gefragt. Als ginge die Polizei das etwas an! Dennoch, auf die meisten Fragen hatte sie bereitwillig Antwort gegeben. Dass er oft betrunken war, häufig schon gestürzt sei. Doch, das Eheleben sei harmonisch gewesen.

„Wie es eben nach über fünfzig Jahren so ist."

Streit? Gelegentlich kleine Meinungsverschiedenheiten, das sei ja normal.

„Wie in allen Familien. Bei Ihnen nicht?"

Mehr musste die Polizei nicht wissen. Dass sie Nacht für Nacht seinem explosiven Schnarchen ausgesetzt war und in der beengten Wohnung keinen Winkel zum Rückzug hatte. So etwas brauchten sie nicht zu wissen. Erst recht nicht, dass sie in hilfloser Phantasie bereits das Kissen zur Hand genommen hatte. Sie wären nur auf abwegige Gedanken gekommen. Sie hatten nicht gefragt, warum es im Schlafzimmer so intensiv nach Toilettenwasser roch.

Das würde sie manchmal auf sein Kopfkissen träufeln, damit er besser schliefe. Dass sein Atem so abscheulich nach Weinbrand und Zigarre stank, oft auch nach Erbrochenem, dass nicht einmal eine halbe Flasche Parfum etwas ausrichten konnte dagegen, was hätten sie mit dieser Information anfangen sollen. Wenn sie danach gefragt hätten, aber sie hatten nicht gefragt. Sollte sie ihnen erzählen, dass er sich nachts freistrampelte und sich dann das zerknitterte, bräunliche Schrumpelding wie eine verdorrte Wegschnecke aus seinem Hosenschlitz wand? Wenn sie das Ding erblickte, musste sie etwas darüber decken, in seiner Erbärmlichkeit war es abstoßend und feindselig. Immer hatte sie der säuerliche Schweißgeruch alter Männer angewidert. Erst recht, seit er so hemmungslos soff, stank er ebenso. Die Polizisten hatten auch nicht zu wissen brauchen, dass er fraß wie ein Schwein, dass er am Tisch mit aufgestützten Händen oft einschlief, ihm dann der Rotz aus Augen, Nase und Mundwinkeln rann, über das Kinn am Hals entlang in den Kragen, und wie sie sich davor geekelt hatte. Einmal war sein Kopf nach dem Einschlafen in den Teller mit Suppe gefallen. Dass er neben das Klobecken schiffte und sie ihn nicht bewegen konnte, sich zum Pinkeln hinzusetzen, und dass er sich die Klobürste zu benutzen weigerte. Dass seine Kotze überall in der Wohnung stinkende Spuren hinterließ. Und wenn er morgens seinen braungrünen Auswurf geräuschvoll hochzog und ausspie, hätte sie selbst erbrechen können. Der herausgerotzte Schleim trocknete im Waschbecken fest, weil er das klebrige Zeug nicht wegspülte. Seine verschissenen Hosen häuften sich neben dem Bett, bis sie den Anblick nicht mehr ertrug. Manchmal warf sie sie einfach weg. Das alles ging niemanden etwas an.

Ob es manchmal Auseinandersetzungen gegeben habe.

„Aber das haben Sie doch schon gefragt!"

Handgreiflichkeiten? Nie. Meistens waren es Gläser gewesen, die er im Suff nach ihr schmiss. Er trank, schlief am Tisch ein, wurde wach, etwas ärgerte ihn, er schrie, dann warf er nach ihr. Sie kannte das, war auf der Hut und wich dem Wurf aus. Getroffen hatte er nie.

Ein anderer löste den jungen Polizisten ab, stellte die gleichen Fragen.

„Das habe ich Ihrem Kollegen bereits erzählt. Können Sie mich nicht in Frieden lassen? Ich habe soeben meinen Mann verloren."

Doch der Beamte verlangte nach einer haarkleinen Schilderung des Tages. Widerwillig gab sie Auskunft, wie sie frühmorgens aufstehen musste, die Blase, verstehen Sie, wie sie allein frühstückte, mit einer Zigarette, mit Kaffee und dass sie dabei die Zeitung las, aber nicht, wie langsam der Ekel in ihr hochkroch, Ekel vor dem Moment, da er in der Tür stehen würde.

„Das Glück liegt vor Ihnen. Wenn Sie es nicht in die Hand nehmen, macht es niemand für Sie." So hatte an jenem Tag das Horoskop orakelt. Welches Glück? Wollten die Polizisten so etwas auch wissen? „Suchst du eine helfende Hand, dann zuerst an deinem eigenen Arm", hatte tags zuvor daringestanden. Dass sie Kreuzworträtsel und Sudoku löste, das hatte sie nicht weiter interessiert. Der Tag sei wie jeder andere verlaufen.

„Würden Sie bitte den Verlauf des Abends noch einmal schildern."

Ja, zum dritten Mal jetzt. Dass er bereits schlief, als sie ins Zimmer kam.

„Ich bin leise zu Bett gegangen, ich habe mich vorsichtig hingelegt, ich wollte ihn ja nicht aufwecken." Hätte sie sagen sollen „Ich habe mich ins Bett geschmissen, damit er wach wird und mit seiner Mordsschnarcherei aufhört." Was gingen die Polizisten Einzelheiten an, und wenn sie noch so penetrant fragten! Sollte sie ihnen haarklein erzählen, unter welchen Mühen sie die Gummistrümpfe und die Unterwäsche ausgezogen hatte? Mussten sie wissen, dass dieser Tag wieder einer der schlechtesten von den schlechten gewesen war, dass sie schon in der Küche sein lautes Schnarchen gehört hatte, dass sie überdrüssig, schlecht gelaunt und aufgebracht ins Schlafzimmer gegangen war, dass er sich wieder freigestrampelt hatte und wie sie sich vor dem Ding, das wie trockener Hundekot zwischen seinen dürren Oberschenkeln lag, geekelt hatte, dass die zerbrochene Schnapsflasche das Maß vollgemacht hatte, dass sie ein herumliegendes Handtuch über seine Nacktheit geworfen und sich dann auf ihre Bettseite gesetzt hatte? Wie war sie so müde und verärgert gewesen.

Konnte sein, der Schwung war zu heftig gewesen, sie hatte sich einfach fallen lassen, voller Wut hatte sie sich hingeworfen. „Es war ein Abend wie jeder andere." Damit hatte sich der Kriminalbeamte schließlich zufriedengegeben.

Ihr wuchtiges Hinsetzen auf das Bett und der Knall waren eins. Stille war daraufhin eingekehrt, das Schnarchen schlagartig erstorben. Sie hatte das Licht gelöscht, war eine Weile sitzengeblieben, hatte ins Dunkel gelauscht, eine Viertelstunde vielleicht, dann hatte sie das Rote Kreuz verständigt.

Die amtliche Leichenschau hatte den Sturz aus dem Bett dem Vollrausch zugeschrieben. Er musste sich gedreht haben, aus dem Bett gefallen und mit dem Kopf auf der Fußbank aufgeschlagen sein. Der Genickbruch war durch die schwere Osteoporose hinreichend erklärt. Somit war der unglückliche Ablauf verständlich, alles hatte seine Ordnung, der Staatsanwalt hatte die Akte schließen und die Leiche freigeben können.

Eine kleine Todesanzeige – kein Bibelvers, kein Sinnspruch, kein Bild, kein Kreuz, nur sein Name und zwei Jahreszahlen, ganz unten ihrer – klebte fortan am Küchenschrank. Beim Frühstück warf sie kurz einen milden Blick darauf, wenn der Zigarettenrauch im Auge biss, und dann wandte sie sich wieder der Zeitung zu. Die schönsten Minuten des Tages. Freitags wechselte sie die Blumen am Grab. Im Winter deckte sie Reisig darüber.

Anna Golzinger. Herdweg 8

Ramiro lag in einem Einzelzimmer. Um den Kopf trug er einen Verband, nur das linke Auge guckte heraus. Das rechte Bein war in Gips und lag abgewinkelt auf einer Schiene. Wenn Ramiro sich bewegte, tief atmete oder husten musste, war das von einem Stöhnen begleitet.

„Ich krieg kaum Luft", sagte er. „Wenn ich tief Luft hole, könnte ich schreien."

„Du siehst gut aus", sagte Tillmann. „Deine dunkle Haut in den weißen Kissen, das macht sich prima. Was haben sie gesagt?"

Tags zuvor war er im Rettungswagen mitgefahren, aber eine rigorose Krankenschwester hatte ihn fortgeschickt.

„Sie können es morgen mal versuchen, aber ich kann Ihnen nicht versprechen, dass Sie rein dürfen. Jetzt laufen erst mal die ganzen

Untersuchungen, da können Sie ohnehin nicht dabei sein."

„Gib mir mal die Bettflasche! Ich muss dermaßen pinkeln, mir platzt gleich die Blase. Wenn ich klingel, bringen sie mir die Pfanne und stehen dabei, bis ich fertig bin. Aber wenn jemand neben mir steht und wartet und zuhört, kann ich nicht."

Tillmann brachte die Flasche und kippte sie anschließend aus.

„Und, was haben sie gesagt, du hast mir noch keine Antwort gegeben."

„Ich weiß nicht, ob ich alles zusammenbekomme. Mit dem Auge hätte ich Glück gehabt. Der Schlag hat genau danebengetroffen. Dann haben sie am Kopf irgendwas genäht. Den Nacken hätte ich gezerrt. Vier oder fünf Rippen sind kaputt, so genau können die das nicht sagen. Deshalb tut das so verdammt weh beim Atmen. Mehr Schmerzmittel geben könnten sie nicht. Unten hätte ich noch einen Wirbel angebrochen. Aber das Schlimmste ist das rechte Bein. Wenn die Schwellung weg ist, müssten sie es operieren."

An Ramiros Finger blinkte ein Licht, und hinter seinem Kopf liefen auf dem Monitor Kurven.

„Wir sollten wegziehen", sagte Ramiro.

„Ich hab mich schon darum gekümmert", entgegnete sein Freund.

„Ich kenn einen mit einem Transporter, den hab ich gefragt. Das klappt. Unsere paar Sachen kriegen wir da rein."

Es kostete Ramiro sichtlich Anstrengung, den Kopf ein wenig zu heben.

„Ich weiß gar nicht, was passiert ist, das ging alles so schnell. Hast du alles mitgekriegt?"

Tillmann hatte alles mitbekommen. Sie hatten frierend an der Bushaltestelle gestanden. Wegen der Kälte und wegen der glatten Straßen hatte der Bus Verspätung. Die wenigen Fußgänger hatten den Gruß der beiden Wartenden nicht erwidert.

„Denen ist wohl der Mund eingefroren", hast du gesagt.

„Ich?" Ramiro konnten sich nicht daran erinnern.

„Dann waren da die zwei auf der anderen Straßenseite. Da drüben ist der ja, hat der eine gerufen. Hol mal die anderen. Der andere ist weggerannt. Und dann sind sie auf einmal von allen Seiten gekommen. Der eine hatte eine Stange in der Hand. Alle sind sie auf dich los. Ich weiß nicht, wie viele, aber es waren schon einige, vielleicht sechs, aber ich weiß es nicht mehr. Das ging so schnell. Einer hat dich auf die Straße geschmissen. Das Auto konnte gerade noch halten, ist aber dann weitergefahren. Du hast um Hilfe geschrien, und ich hab gefragt, was wollt ihr von uns, da hatte ich auch eine gefangen. Die hatten's auf dich abgesehen. Der mit der Stange hat gebrüllt, du scheiß Neger hast in unserem Dorf nichts verloren. Wir zeigen dir, was mit so welchen passiert. Am schlimmsten war der mit dem Overall, den kenn ich aus der Werkstatt. Ich hab gedacht, der tritt dich tot. Da waren ja auch Passanten, die guckten zu, eine Frau hat gelacht. Helft doch mal, hab ich gesagt, ruf doch mal einer die Polizei. Die haben sich nicht von der Stelle gerührt. Ich hab an den Türen geklingelt. Der Busfahrer hat die Polizei gerufen und die Rettung. Die Typen sind dann abgehauen."

„Gestern, nachdem du gegangen bist, war noch die Polizei da. Eine Frau und ein Mann", sagte Ramiro am nächsten Tag.

„Ich hab gesagt, sie sollen dich fragen, ich weiß ja nichts mehr. Ob wir mal Zoff gehabt hätten mit denen, haben sie gefragt."

„Irgendwas ist los im Dorf", sagte Tillmann. „Die waren doch früher nicht so.

Kannst du dich dran erinnern, der Schmoll von der Bahnhofswirtschaft war doch letztes Mal auch so komisch. Am Dienstag waren wir da, da hat er uns nicht reingelassen, hat gesagt, es sei voll. Dabei war kaum jemand drin. Wie lange gehen wir schon hin?"

„Zwei Jahre mindestens. Und dann haben die Bullen noch irgendwas von einer Katze erzählt. Ob das was mit uns zu tun hätte, die Geschichte mit der Katze. Ich hab gesagt, ich wüsste von keiner Katze."

„Und, geht's besser?" fragte Tillmann am nächsten Tag.

„Frag mich lieber nicht. Wenn ich schon dran denke, dass die mir einen Einlauf verpassen wollen, wird's mir ganz anders."

„Ich hab eine gute Nachricht. Der mit dem Transporter hat gesagt, in seinem Haus wird eine Wohnung frei, zwei Zimmer. Ich bin sofort hin zu dem Vermieter, hab von uns erzählt, hab gesagt, du bist aus Guatemala und hast Elektriker gelernt und Installateur, dein Vater sei Anstreicher gewesen, das könntest du auch."

„Wieso hast du nicht gesagt, dass ich Chemiker bin?"

„Du weißt doch, wie die Leute sind. Wenn die Chemiker hören, werden sie misstrauisch, dann denken sie an Drogen oder dass du ihnen die Bude in die Luft sprengst. Keine Sorge, ich hab ihm erzählt, dass du im chemischen Institut arbeitest, aber als Theoretiker, hab ich gesagt. Kannst du schreiben?"

Tillmann zog ein paar Blätter aus seiner Jacke.

„Hier, der Mietvertrag, da unten musst du unterschreiben. Geht alles klar, die Miete ist gut, ich hab die Bedingungen prüfen lassen.

Wenn du hier raus bist, ziehen wir um. Inzwischen pack ich schon mal, ist ja nicht viel."

Sie plauderten noch ein wenig über das Krankenhaus, das miserable Essen, aber das wüsste man ja, dass die alle keine Zeit hätten, aber immerhin nett seien sie.

„Ciao dann, mach's gut, bis morgen!"

„Kannst du dir vorstellen, dass sie heute Morgen bei mir auf der Arbeit waren?", fragte Tillmann am nächsten Tag. Er hatte noch nicht die Tür hinter sich geschlossen.

„Wer?"

„Wer? Die Bullen. So richtig in Uniform und mit Knarre an der Seite. Meine Kollegen haben gedacht, die holen mich ab."

„Und, was wollten die von dir?"

„Wollten wissen, wie wir zusammenleben, ob wir schwul sind, was du machst, ob du irgendwelchen Voodoo-Zauber veranstaltest. Die haben wirklich nach Voodoo-Zauber gefragt. Nee, hab ich gesagt, wieso sie das wissen wollten. Nur so, sie müssten jeder Spur

nachgehen. Was denn für eine Spur, frag ich.
Immerhin seist du ja Schwarzer, und in Afrika
gebe es ja so was. Ich hab gesagt, du bist
Wissenschaftler und kommst aus Guatemala.
Guatemala oder Afrika, das sei ja nicht viel
anders. Wenn ich so was höre, muss ich an
mich halten, um nicht auszuflippen. Ob mir
der Name Anna Golzinger was sage. Klar, sag
ich, Herdweg 8, bei der wohnen wir. Und was
soll das? Sie hätten einen Hinweis bekommen.
Was für einen Hinweis, frage ich. Das dürften
sie wegen der laufenden Ermittlungen nicht
sagen. Ob sie denn wenigstens die Schläger
mal befragt hätten. Ja, hätten sie, aber auch
darüber dürften sie nichts sagen.

Hast du eigentlich Anzeige erstattet?"

„Ich wollte das. Aber dann haben sie gesagt,
das brächte vermutlich nichts. Sie hätten die
Typen befragt, und die hätten alle dasselbe
gesagt. Sie sind an der Bushaltestelle
vorbeigekommen, ich hätte ihnen ausweichen
wollen,

sei über einen Schneehaufen gestolpert und
auf den Eisklumpen gefallen, der da lag. Der
eine hat gesagt, er wollte mich noch am Arm

festhalten, aber ich sei ihm aus der Hand gerutscht. Die Polizistin hat gesagt, sie würden erst mal Fakten sammeln und je nachdem, dann würden sie selber die Anzeige schreiben oder ich könnte es ja nochmal versuchen."

„Bei mir haben sie heute Morgen von zwei Katzen gesprochen, bei dir auch?"

„Bei mir war von Katzen nicht die Rede."

„Jetzt wird's wirklich langsam gruselig", sagte Tillmann tags darauf, kaum dass er im Zimmer war.

„Heute Morgen war ich noch nicht mal aufgestanden, da hat es geklingelt. Wieder die zwei Polizisten. Ob sie mal einen Blick in mein Zimmer werfen dürften. Ich sag, dafür brauchen Sie doch einen Durchsuchungsbeschluss. Du kennst das ja auch vom Tatort. Die können nicht einfach überall rein. Nein, sagen die, sie würden ja auch nur höflich fragen. Ich hab sie reingelassen, sollen sie doch gucken. Die haben dann auch keine Schubladen aufgezogen oder in den Schrank geguckt. Wo ich denn die Knochen hätte. Was für Knochen, frag ich. Ich hätte doch Knochen und Schädel.

Wie kommen Sie darauf, frag ich. Ja, die Frau Golzinger hätte so was gesagt. Kannst du dir das vorstellen. Da muss doch diese alte Schnalle während unserer Abwesenheit in unserer Wohnung rumgeschnüffelt haben. Anders kann ich mir das nicht erklären. Wie oft bring ich denn eine Versteinerung mit? Alle paar Wochen mal. Einmal hatte ich den Schädel von einem Höhlenbären mit, aber nur einen Tag. Die muss uns doch ständig hinterherspioniert haben. Im Institut, sag ich, da hab ich Knochen. Ich bin Paläontologe. Paläontologe, was ist das, fragt die Frau. Ich sag, da hab ich mit Versteinerungen zu tun, auch schon mal mit Knochen. Es kommt schon mal vor, dass ich einen mit nach Hause nehme. Ob das verboten sei. Nein, sie wollten ja nur mal gucken und schönen Tag noch."

„Und, wie geht's?" fragte Tillmann beim nächsten Besuch.

„Nächste Woche komm ich nach Hause. Morgen wollen sie operieren, dann noch ein paar Tage, sagen sie, dann könnte ich gehen."

„Na, das trifft sich. Morgen mach ich den Umzug mit Bernd zusammen. Du weißt schon, der mit dem Transporter. Zwei Fuhren, denk ich, dann ist alles drüben. Dann kannst du direkt in die neue Wohnung. Nicht mehr auf dem Dorf, das ist doch was. Übrigens haben die Bullen die Ermittlungen eingestellt."

„Was für Ermittlungen? Haben die gegen uns ermittelt?"

„Nein, die Ermittlungen gegen die Typen. Ein hinreichender Verdacht auf einen tätlichen Angriff hätte sich nicht ergeben. Und in die Sache mit den Katzen kommt auch langsam Licht. Kannst du dich an unseren letzten Besuch bei Schmoll erinnern. Nicht das Mal, wo er uns nicht reingelassen hat, das Mal davor meine ich."

„Da war es saukalt, das weiß ich noch, der kälteste Tag bisher. Zwanzig Grad. Ich weiß noch, wie meine Finger an dem Geländer von der Kneipe festgefroren sind."

„Genau. Dem Schmoll haben wir eine Flasche Whisky abgekauft. Im Laden hätte sie die Hälfte gekostet, aber es war wirklich kalt. Auf dem Hinweg haben wir eine überfahrene Katze gefunden. Du hast sie noch von der

Straße geholt und auf den Gehsteig gelegt. Das weißt du noch, oder?"

„Klar weiß ich das noch. Die war so steifgefroren, dass ich sie am Schwanz halten konnte und du hast gesagt, der bricht gleich ab."

„Genau. Und auf dem Rückweg haben wir die andere gefunden."

„Du hast gesagt, die legen wir jetzt zusammen, dann können sie sich wärmen. Vielleicht werden sie Freunde, hast du gesagt. Sah doch auch schön aus, so zusammengekuschelt Bauch an Rücken."

„Ich hab ja gesagt, heute Morgen war die Polizei noch mal da. Der Mann hat gesagt, man hätte zwei enthauptete Katzen gefunden. Enthauptet, sagt man das bei Katzen? Katzen haben doch kein Haupt, die haben einen Kopf. Irgendjemand hätte eine Anzeige wegen Tierquälerei erstattet, und dann hätten sie eben rumgefragt. Auch bei Schmoll haben sie gefragt. Der Schwarze und der lange andere, ja die seien am Abend in der Wirtschaft gewesen. Bei den Schwarzen wisse man nie, hätte Schmoll gesagt, er hätte immer so ein komisches Gefühl bei dir. Dann haben sie weiter rumgefragt im Dorf, auch bei der Golzinger. Und du weißt ja, wie die quatscht. Wenn die was erzählt, wissen es gleich alle. Dann heißt es im Dorf, die Schwarzen haben so Rituale, schneiden den Katzen die Köpfe ab und essen die Augen. Jetzt weißt du, warum du hier liegst."

Die neue Wohnung unter dem Dach war wirklich sehr schön. Tillmann und Bernd hatten die Wände gestrichen. Für Ramiro war es mühsam die zwei Stockwerke hoch. Zwei Wochen noch, dann wäre ein halbes Jahr vorüber. Vor einigen Wochen hatte er das Gestell an seinem Bein abgelegt, und bald könnte er auch die Krücken in die Ecke stellen.

Es klingelte. Sie saßen gerade beim Schach.

„Dürfen wir stören? Ich bin Anna, das ist Gary."

„Ich kenne euch. Wir haben doch in derselben Straße gewohnt. Kommt doch rein."

„Ich heiße Tillmann, das ist Ramiro aus Guatemala. Was führt euch her?"

Anna stellte eine Flasche Wein auf den Tisch.

„Habt ihr ein Gefäß für die Blumen?"

Dann sagte sie:

„Wir wohnen auch nicht mehr da. Könnt ihr euch an die kalte Nacht erinnern, die kälteste seit Jahrzehnten?"

„Da waren wir bei Schmoll. Am Geländer vor der Wirtschaft bin ich mit der Hand festgefroren. So was vergisst man nicht. Wart das nicht ihr? Sind wir euch nicht begegnet auf dem Rückweg?"

„Ja, genau, das waren wir. Wir waren auch bei Schmoll. Und als wir nach Hause gingen, lagen da zwei Katzen auf dem Gehsteig. Ich sag noch zu Gary, wie schön die da liegen, so wie wir morgens. Die sind überfahren, sagt Gary. Stimmt's, Gary, so war das doch?"

„Ja, und dann hast du gesagt, die Köpfe können wir gebrauchen. Und dann bin ich gelaufen und hab das Brotmesser mit dem Wellenschliff geholt. Ihr müsst wissen, wir sind beide in der Hochschule für Forstwirtschaft und lernen, wie man Schädel präpariert. Wir haben schon eine ganze

Sammlung, von Maus bis Hirsch, alle Größen. Aber damals hatten wir noch keinen von einer Katze. Ich will's kurz machen. Ich hab die Köpfe abgeschnitten. Dann haben wir die mit dem Messer in eine Tüte getan. Bei dem Wetter und in der Nacht war niemand auf der Straße. Aber es hätte ja sein können, dass uns jemand sieht."

„Dann haben wir sie wieder hingelegt wie zuvor", fiel Anna ein. „Ich hab dich noch gefragt, weißt du, wo Osten liegt. Dann können wir sie nach Osten ausrichten. Wir haben uns nichts dabei gedacht. Wir waren ja auch ein bisschen betrunken. Der Schmoll hat uns immer einen ausgegeben, ich glaub, der war scharf auf mich. Am nächsten Tag standen die Leute da rum. Den ganzen Tag standen da welche. Wenn die gewusst hätten, dass wir das waren, ich glaube, die hätten uns umgebracht. Entschuldigung, bitte."

Manuela von J.

Vom Bahnhof über die Brücke, hoch in die Altstadt. Vieles hatte sich verändert. Stephen hatte keinen richtigen Grund, hier zu sein. Plötzlich war es über ihn gekommen, in einem Pub, aus einer Bierlaune heraus. Als der Wirt zu später Stunde die Glocke anschlug, „last order please", stand der Entschluss bereits fest. „I am going to travel to Germany." Die Freunde hatten es als verrückte Idee unter dem Einfluss von ein paar Bier abgetan, erst recht, als er hinzusetzte „next week I'll go." Stephen war ein bedächtiger Mann, wägte jeden Entschluss in aller Ruhe ab. Seit Jahren hatte er London kaum verlassen, allenfalls für ein, zwei Tage zu einem Kongressbesuch. Es zog ihn nirgendwo hin. Sein Leben gehörte dem Naturkundemuseum. Sogar manche Nacht verbrachte er hier.

An diesem Abend hatte er sie alle verblüfft. Sonst war er nicht der Wortführer, mischte sich in Gespräche mit wenigen klugen

Bemerkungen ein. Sie hatten über Sport gesprochen, das Wetter in den Highlands, über die Hunde.

Ein Stichwort musste gefallen sein. Als sie auseinandergingen, wusste keiner, was es war. Mit einem Mal sprach nur noch Stephen, erzählte und schwärmte von früher, den vielen Jahren in der kleinen Stadt im Süden Deutschlands.

„Next week I'll go."

Warum nicht? Wieder einmal seine alte Stadt aufsuchen, in der er so lange gelebt hatte, nur so, nach zwanzig Jahren wieder einmal durch die Gassen schlendern, sich dann, müde geworden, in einer der urigen Kneipen niederlassen. Und bei einem Bier zu einer ortsüblichen Spezialität den vertrauten Dialekt hören. Wenn er sich anschließend mutig genug fühlte, würde er in die Buchhandlung unterhalb des Springbrunnens treten, guten Tag, ich habe bei Ihnen vor vielen Jahren Bücher geklaut. Jetzt komme ich sie bezahlen.

Doch da waren keine urigen Kneipen mehr, an ihrer Stelle eine Filiale von Starbucks, aus Schnellimbissen strich der Geruch nach Döner und Pizza durch die Gassen. Unüberblickbar viele Friseurläden und Optiker teilten sich die Schaufensterfront mit Läden für Billigklamotten. Die eingesessene Kaffeerösterei war einer hellen Boutique gewichen. Er bedauerte, dass auch die Buchhandlung verschwunden war. Zugleich war er erleichtert. So war ihm die Entscheidung abgenommen. Er wäre gern hineingegangen. Aber ob er sich wirklich als ehemaliger Dieb präsentiert hätte? Die alten grauen Fachwerkhäuser hatten sich farbig herausgeputzt, Gelb, Hellblau, Ocker bestimmten das Bild. Bisweilen wusste er nicht weiter, so verändert hatte sich der Anblick. Vertraute er seinen Füßen, würden sie den Weg wohl kennen. War das damals schon so, fragte sein Verstand, und die Erinnerung musste bekennen: weiß nicht.

Beinahe wäre er an dem Fachwerkhaus achtlos vorbeigegangen. Pfosten und Streben in neuem Dunkelrot und das frische fleckenlose Weiß der Gefache narrten die Erinnerung. Die Fassade hob sich von den anderen farbigen nicht sonderlich ab. Es war das große glänzende Messingschild. Es hatte ihn innehalten lassen. In seiner verschwenderischen Größe und feudal anmutenden Gravur passte es nicht zu diesem Haus. Seinerzeit hatte sein Weg durch die Stadt hier begonnen oder geendet. Der kleine Umweg an diesem Haus vorbei gehörte dazu, ein Verweilen, ein kurzer Blick durch das Schaufenster in die Werkstatt. Es war wie ein Bild aus alter Zeit. Der Geigenbauer trug immer die gleiche blaue Schürze, mit Spänen darauf wie Neuschnee. Die Brille auf der Nasenspitze, beugte er sich über das Instrument zwischen den Knien. Bisweilen streckte er den Rücken, dehnte die Arme, vom Sitzen auf dem hölzernen Schemel schmerzten sie, und trafen sich ihre Blicke, war erkennendes Nicken der Gruß. Es zog Stephen hinein. Doch einmal nur hatte er unter einem Vorwand den Laden betreten, das helle Läuten des Türglöckchens hatte ihn empfangen. Von der Decke hingen Geigen in langer Reihe. Einmal sie aus der Nähe betrachten, die Mischung aus Holz, Öl und Lack riechen, ein paar Worte wechseln. Auf der Werkbank wärmte ein kleiner Kocher einen Topf Knochenleim. Wo Werkstatt gewesen war, wies jetzt Milchglas den neugierigen Blick zurück, und die Bewegung der Schatten dahinter verriet nichts. Drei Stufen bis zur schweren Eingangstür mit dem pompösen Schild.

„Manuela von Jostenburg, Vitalistin" Die Gravur in großen Lettern war von der anderen Straßenseite lesbar. Den Namen würde es sicher kein zweites Mal geben. Das musste die Frau sein, vor der er geflohen war. Manuela von J. hatte sie sich selbst genannt.

„Was ist so schlimm an ihr?" Keiner hatte es verstanden.

„Die ist doch hübsch!" Sie war nicht nur hübsch, sie war ausnehmend schön.

„Ich find sie ganz lieb." Wenn ihr wüsstet!

Ihr blaues Kleid in der Farbe der Wegwarte machte sie unverwechselbar. Ob sie es immer noch trug? Selten sah er sie anders. Und sie hatte nach Kernseife geduftet.

„Ich kann meine Geschlechtsöffnung nicht finden." Damit hatte alles begonnen. Es war der Satz, der sein Leben verändert hatte. Ob ohne ihn, so leicht hingeworfen, das Drama ausgeblieben wäre?

Wie eine Schicht Hochnebel lag der Geruch aus Schweiß, Deo und totem Fisch über dem Saal. Vor jedem der vierzig aufgeregten Studenten ein Karpfen. Der erste Kurstag, Präparierkurs Zoologie.

„Bitte fertigen Sie zunächst eine Zeichnung an und beschriften Sie sie. Anschließend werden Sie den Fisch sezieren, die Organe freipräparieren, ebenfalls zeichnen und beschriften."

Für manche war es der erste Fisch ihres Lebens. Stephen sah es an der Scheu, mit der sie ihn in die Hand nahmen. Andere spielten erwartungsvoll mit Skalpell und Pinzette.

„Wenn Sie mit der Zeichnung fertig sind, machen Sie am Bauch einen Schnitt von der Kehle bis zur Geschlechtsöffnung. Die finden Sie mit der Sonde vor der Afterflosse."

Es war wie bei einer Klassenarbeit. Nur das Kratzen der Stifte war zu hören. Stephen ging durch die Reihen, zeigte, korrigierte, antwortete auf geflüsterte Fragen.

„Ich kann meine Geschlechtsöffnung nicht finden."

Der Satz knallte in die Ruhe wie das Brechen eines Astes im nächtlichen Wald. Obgleich die Stimme nicht laut war, hatte jeder sie gehört. Die konzentrierte Stille war durchbrochen; alle Augen richteten sich auf die Studentin in dem blauen Kleid. Die vor ihr saßen, drehten sich um. Einige lachten. War das eine Frage, war sie an ihn gerichtet? Vielleicht war der Satz nur so dahin gesprochen, laut gedacht? Seine Schwester machte es ebenso, sagte „ich koch jetzt Kaffee", auch wenn niemand im Raum war, oder „jetzt geh ich in den Keller", ohne dass jemand zugegen war, der es hören konnte. Ohne Hast legte Stephen die wenigen Meter zurück. Er spürte die Studenten förmlich auf seine Antwort lauern, was er sagen würde und wie. Originell musste es sein. Wie Raketen eines Feuerwerks wetteiferten in seinem Hirn die Einfälle. Bei jedem Schritt knackten die Dielen. Er würde sagen, vielleicht fangen wir erst mal mit dem Fisch an, das andere später. Nein, so sagte er nicht, trat an ihren Tisch, sammelte sich einen Augenblick, derweil ihr Duft nach Kernseife den Fischgeruch überdeckte. Dann sagte er ohne Grinsen:

„Ich zeig es Ihnen. Ja, manchmal ist es nicht so einfach, man findet sie nicht, mitunter ist es richtig schwer, bei jedem Fisch anders. Orientieren Sie sich an der Afterflosse, die Genitalpapille liegt meist unmittelbar davor."

Lag Dankbarkeit in ihrem Blick?

Der Kursraum leerte sich, randvoll waren die Eimer mit den Fischresten. Die Laborratten würden sich darauf stürzen.

Wo die junge Frau gesessen hatte, stand ihr Duft noch im Raum.

Ob der alte Backsteinbau noch existierte? Vieles hatten sie zwischenzeitlich abgerissen. Die zweckmäßigen neuen Gebäude unterschieden sich kaum voneinander. Ja, es stand noch. Die wuchtige Tür, die Freitreppe, sogar die Bank stand noch da. Er könnte hineingehen, hallo, wie geht's, ich war auch mal einer von euch, ist der Streubel noch da oder die Hamann? Mehr als zwanzig Jahre lagen dazwischen, sie hätten sich doch nichts zu sagen.

Beim nächsten Kurstag brauchte er nicht nach ihr zu suchen. Am äußersten Tisch in der zweiten Reihe sah er das blaue Kleid. Sie beugte sich über den Frosch, das lockige Haar fiel nach vorn und gab den Flaum im Nacken frei. Ob er sich so weich anfühlte, wie er aussah? Auf den Schultern hatte sie blonde Härchen und an den Armen.

„Sie werden Ihr schönes Kleid beschmutzen, wenn Sie die Tiere präparieren."

„Ich pass schon auf. Sind Sie besorgt um mich?"

War er taub, war er blind? Der kindliche Blick, als sie lächelnd den Kopf zu ihm hob, die großen staunenden Augen, die helle Stimme eines jungen Mädchens. Sie war so verletzlich, ein schutzloses Wesen. Sind Sie besorgt um mich? Ja, hätte er am liebsten gerufen. Das war der Leim, auf den er ihr ging.

Die Studenten hatten den Saal verlassen. Den Eimer mit den Resten der toten Frösche würde der Saaldiener den Ratten bringen. Wo sie gesessen hatte, saß jetzt er, roch und spürte sie, der Stuhl hatte ihre Wärme.

In einer alten Zigarrenkiste bewahrte er eine Kernseife auf. Bisweilen kam das Verlangen über ihn, daran zu riechen. Er konnte beim Essen sitzen, beim Fernsehen, stand unversehens auf, „ich bin gleich wieder da." Ava und die beiden Töchter kannten das. „Iss doch erst zu Ende!" Im Arbeitszimmer auf der Bücherreihe lag obenauf die Kiste, wie ein Erinnerungsstück, denn Steve rauchte nicht. Nur kurz daran schnuppern, dann war sie wieder gegenwärtig, Manuela, das Kleid mit dem Blau der Wegwarte, eine große Schleife am Rücken, weißer Spitzenbesatz an Saum und Kragen und bauschige Ärmel, die sonst niemand trug. Aus der Haarfülle guckten die großen Augen, künstlich dunkel umflort. Es waren die traurigen Augen von Straßenkindern. Hilflos starren sie millionenfach aus den Bildern der Margaret Keane.

„Lädst du mich ins Kino ein?" War das der Tag, mit dem das Unheil begann?

An seinem Fenster im Institut stand er gern, sah hinaus auf den prächtigen Ginkgobaum, und nichts lenkte ihn ab. Früher hatte er sie nie dort gesehen, jetzt saß Manuela von J. oft im

Schatten unter dem Baum, las und winkte ihm zu, wenn er vorüberging oder sie ihn am Fenster erblickte. Stephen täuschte sich nicht, ihre Wege kreuzten sich öfter. In der Mensa stellte sie ihr Tablett neben seines. Schon von Ferne erkannte er ihr Kleid, blauweiß, glockiger Rock und bauschige Ärmel, einzig in der Stadt. Eines Tages klemmte ein mattes Gänseblümchen unter dem Scheibenwischer, dann ein Glückskleeblatt oder eine Notiz „Käffchen 16 Uhr Mensa? M.v.J.", andermal ein Zettelchen mit lächelndem Gesicht darauf, „M.v.J" oder eines mit dem Abdruck ihrer Lippen.

Sie hatte gewartet, bis er die Institutstür abgeschlossen hatte, löste sich aus dem Schatten des Baumes. Das Buch in der Hand, näherte sie sich.

„Lädst du mich ins Kino ein?"

„Welcher Film?"

Sie nannte einen Titel; den hatte er schon gesehen. Sie hätte jeden Film nennen können, und er wäre in jeden mitgegangen, auch in Micky Maus oder Vom Winde verweht. Doch das sollte sie nicht wissen. Welcher Film, hatte er daher gefragt.

„Klar, sehr gern."

Am nächsten Abend blieb sie bei ihm, auch tags darauf, und so behielt sie es bei. Sein Wohnheimzimmer war groß genug für beide, es war behaglich mit dieser jungen Frau, fast noch ein Mädchen.

„Ich muss mich mal wieder zu Hause sehen lassen."

Am Abend war sie wieder da, saß wartend mit angezogenen Beinen vor seiner Tür.

„Ich hab auf dich gewartet, Zottel, warum kommst du so spät?"

Zottel sollte sie ihn nicht nennen, aber sie hielt sich nicht daran. Seit sie bei ihm wohnte, litt seine Arbeit. Schlecht vorbereitet kam er in die Universität, und auf seinem Schreibtisch wuchs der Stapel Manuskripte, die es zu bearbeiten galt.

„Dich sieht man ja kaum noch im Institut", sagte Rolf vom Nebenzimmer.

„Kommst du nicht mehr zur Konferenz?" fragte ein anderer.

„Derzeit mach ich viel zu Hause."

Das war nicht gelogen.

„Am Montag hast du drei Prüfungen, dass du die nicht vergisst."

„Danke, ja, ich weiß."

Er hätte sie vergessen, und vorbereitet war er nicht.

„Ich war schon lange nicht mehr beim Ballett. Ich mach das jetzt hier." Mit diesen Worten schleuderte Manuela die Schuhe von ihren Füßen, schwang sich auf das Bett, und zu einer Musik, die nur sie hörte, drehte sie Pirouetten, hüpfte, sprang, flog, fast schlug ihr Kopf gegen das Regal, „retiré", „plié", „relevé" stieß sie atemlos heraus, die Zehen bohrten in die Matratze, Stephen fürchte um das Bettgestell. Die Grazie, wie sie die Knie beugte und die Arme anmutig bewegte, ewig hätte er ihr zusehen mögen. Wie ein Fallschirm öffnete sich das Kleid und ihr helles Haar eine Pusteblume.

„Hast du nicht einen Schlüssel für mich? Dann könnte ich kommen, wann ich will und müsste nicht vor deiner Tür warten."

„Weiß nicht, ich glaub, ich hab nur den einen."

„Du kommst spät heute, es ist schon dunkel, wo warst du?"

„Arbeiten, ich hatte noch zu tun im Institut."

„Hast du einer Studentin Nachhilfe gegeben?"

„Unsinn, ich muss Prüfungen vorbereiten."

Es war nicht das erste Mal, diese Mischung aus Misstrauen und Vorwurf.

„Ich hab einen Schlüssel gefunden."

An einer Schnur trug sie ihn um den Hals.

„Woher hast du ihn?"

„Aus der Schublade."

„Hast du in meinem Zimmer herumgesucht?"

„Was dagegen? Hast du Geheimnisse?"

Er konnte kommen, wann er wollte, Manuela saß mit angezogenen Beinen auf dem Bett, um sie herum bunte Zeitschriften und Schokoladenpapiere. Oft schlief sie.

„Wo gehst du hin? Nimmst du mich nicht mit?"

Jeden Donnerstag traf er sich mit Freunden. Seit Jahren war der Tisch in der Wirtschaft für die Runde reserviert. Sie tranken Bier, spielten Karten und hatten Spaß miteinander.

„Musst du dort hingehen? Du warst doch erst da."

„Letzte Woche war das."

„Und jetzt schon wieder?"

Er fügte sich ihrem Murren und unter einer faden Ausrede sagte er das Treffen ab. Schließlich ging er donnerstags überhaupt nicht mehr hin, ging nicht mehr zum Chor, nicht zum Institutssport und gab den Russischkurs auf.

„Komm doch mit!"

Ein paar Mal war sie dabei, wenn seine Clique sich traf. Da war die Begegnung meist kurz. Sie hielt sich den Kopf, sah gequält aus, und jeder bedauerte sie. Ein andermal war es der

Kreislauf, dann wieder schmerzte der Bauch oder Herzklopfen plagte sie.

„Heute Abend hab ich keine Lust auf Leute." „Die Typen gefallen mir nicht." „Du weißt doch, dass ich nicht gern wandere." „Kartenspielen langweilt mich." Und schließlich erstarben die Treffen.

„Meine Mutter möchte dich kennenlernen, meine Oma auch."

Leopold Heinrich von Jostenburg, General a.D. Das Türschild war dunkel von Grünspan, der Name kaum lesbar.

„Wer ist das?"

„Mein Opa."

Hohe Bäume nahmen dem Haus das Licht. Eine dicke Schicht Blätter verging am Boden; es roch nach Moder.

„Meine Mutti, meine Omi. Das ist mein Freund Stephen aus England. Ihr kennt ihn vom Erzählen."

In den Zimmerecken hatte Feuchtigkeit die Tapete gelöst. Schwere dunkle Möbel und dicke Teppiche, ein schwarzes Klavier, dazu der Moder, das gab eine Ahnung von Gruft.

„Kommen Sie bald wieder, Stephen, Sie sind herzlich willkommen."

Die Tür schlug hinter ihm zu, das Fenstergitter schepperte nach. Seine Beklemmung löste sich, er fand die Sprache wieder.

„Pekinesen finde ich hässlich."

„Püppi ist lieb."

„Mag sein, aber hässlich. Die dicken Augen, das platte Gesicht, und wie er schnarcht beim Atmen, gefällt dir das?"

„Du bist gemein."

„Ich bin nicht gemein. Ich find solche Hunde abstoßend. Hast du gesehen, wie er sich an meinem Bein gerieben hat?"

„Das macht er immer, aber nur bei Männern."

In einem unbeobachteten Moment hatte er den Hund mit einem Tritt gegen das Klavier geschleudert. Aber für den schien es Spiel zu sein. Sekunden später hatte er erneut Stephens Bein umklammert und rieb sich daran.

„Wie findest du meine Omi?"

Na ja.

„Nette alte Dame."

Ihr silbriges Haar spielte ins Violette, sie tat fein und war in schweren dunklen Brokat gekleidet. Die lange Kette dicker Bernsteinkugeln versenkte sich tief im mumifizierten Dekolleté. Vier lange Stunden hatten sie dort verbracht.

Als höflicher Mensch hörte Stephen geduldig zu, als die Großmutter von der Vertreibung durch die Russen erzählte. Er hörte auch das zweite Mal bei Kaffee und Kuchen zu und auch ein drittes Mal beim Aufbruch, noch in der Tür.

Riesige Ländereien hätten sie in Ostpreußen besessen, etliche Morgen Land, reiche Getreidefelder, Seen. Die Schilderung hätte von Tolstoi sein können. Mit der Kalesche hätten sie die Bauern besucht, sonst seien sie mit dem Landauer gefahren, im Sommer im leichten Einspänner. Gärtner, Küchen-personal, Kutscher, sogar das Wort Gesinde fiel. Ohne die Vertreibung durch die Russen wäre ihre Enkelin jetzt eine Adelige von bedeutendem Wohlstand. Eine gute, eine ausgezeichnete Partie.

Stephen war gereizt.

„Sag, Manuela, hast du nur dieses eine Kleid? Du trägst immer dasselbe."

„Das Gleiche. Ich habe ein paar davon. Ich frag dich auch nicht, ob du nur die eine karierte Tweedjacke hast mit den speckigen Ärmeln. Damit gehst du zum Essen, hältst deine Vorlesungen, gerade mal, dass du sie zur Nacht ausziehst."

„Das Kleid hat Freudenhausärmel." Stephen war auf Streit aus.

„Puffärmel."

„Ja, genau."

„Gefällt es dir nicht mehr? Früher warst du begeistert."

„Ja, früher. You look like a dolly bird in this silly rag. I can't stand the sight of it anymore."

Er mochte das Kleid nicht mehr. Ja, anfangs war es extravagant, da gefiel es ihm. Doch der

Reiz des Besonderen war längst dahin. Jetzt fand er es nur noch albern und affig und konnte den Anblick nicht mehr ertragen. Auch dass sie sich beim Spazierengehen bei ihm einhängte, war ihm zuwider. So wollte er nicht gesehen werden in der Stadt, entzog seine Hand, wenn Manuela nach ihr griff, entwand sich ihrer Umarmung. Bald vermied er den Bummel durch die Gassen mit ihr.

„Magst du das nicht mehr? Du hast das doch gerngehabt."

„I am twenty years older than you, and I don't want to seem to be your sugar-daddy."

„Sugardaddy, was ist das?"

„Ein älterer Mann, der sich eine ganz junge Frau hält."

„Please be my sugardaddy."

„Du riechst nach Weichspüler."

„So riecht eine Frau, die sich wäscht."

„Ich mag den Geruch nicht, ich kann das Kleid nicht mehr sehen, wenn du dich bei mir einhängst, wenn du Händchen hältst, ich kann deinen Hund nicht ausstehen, deine

Großmutter geht mir auf den Wecker, und wenn du ständig so lieb tust, das ist mir alles zu süß. Wie Honig, an dem man sich überfressen hat, verstehst du? Und ich hasse es, wenn du mich Zottel nennst."

„Jetzt verlierst du die Beherrschung."

Es stimmte, er hatte sich in Eifer geredet.

„In deinen Kreisen heißt das Contenance."

„Ich kann ja gehen."

„Ja geh, lass mich zumindest eine Weile in Ruhe."

„He, da bist du ja wieder. Ist sie weg?"

Rolf aus dem Nebenzimmer war er als erstem begegnet.

„Es ist vorbei. Ich bin ja so froh."

„Heute ist Sport. Kommst du auch?"

Tags darauf lag ein Brief auf seinem Tisch im Institut. Gelber Umschlag, ein Bild von ihr, auf der Rückseite ein Herz. „kocham cię bardzo".

„Weißt du, was das heißt?" fragte er Gregor.

„Was soll es schon heißen. Ist Polnisch. Ich liebe dich so sehr. Was sonst? Doch noch nicht aus?"

Als er das Auto parkte, sah er in seinem Zimmer Licht. Sie saß auf dem Bett, die Beine angezogen, mit den Armen umschlang sie die Knie.

„Schade, dass du so spät kommst, ich geh gleich wieder."

„Du kannst hierbleiben, ich geh zurück ins Institut."

Auf dem Feldbett schlief er tief zwischen Mäusen, Heuschrecken und Fröschen. Es gab viel nachzuarbeiten aus der Zeit mit Manuela.

„Den Schlüssel brauche ich wieder."

Sie reagierte nicht; er riss ihn von der Schnur an ihrem Hals.

Nicht ein Tag verging ohne ihr Lebenszeichen. Mit anzüglichem Grinsen steckte ihm der Hausmeister ihre Briefe zu. Alle kannten die gelben Umschläge mit einem Herz darauf oder einem Lippenstiftmund.

„Warum gehst du nicht ans Telefon?" schrieb sie.

„Ich möchte dich wiedersehen", schrieb sie.

„Warum meidest du mich?"

Sie passte ihn am Auto ab. Noch ehe er reagieren konnte, saß sie neben ihm.

„Du musst nicht mit mir spazieren gehen, du musst dich nicht in der Stadt mit mir zeigen. Lass uns spazieren fahren. Bitte."

Dabei sah sie ihn treuherzig an wie am ersten Tag.

„Bitte."

Ziellos fuhr er sie durch die Dörfer, die alle auf „-ingen" endeten. Er schwieg, voller Zorn auf sie und auf sich selbst, dass er nicht hatte nein sagen können.

„Lass uns Milch trinken gehen auf dem Dorf", sagte sie plötzlich.

„Wie?"

„Lass uns Milch trinken gehen."

„Wie ist das gemeint?"

„Hier auf dem Dorf, das muss doch möglich sein."

Sie hatten Sprudelwasser getrunken, Wein, Bier, Schnaps, aber nie Milch. War das ein Spaß? Manuela machte keine Späße.

„Du meinst, direkt von der Kuh, körperwarm und selbst gezapft, im Holzbecher?", gab er zurück und weiter:

„Vielleicht können wir den Bauern noch um ein Nachtlager auf der Tenne oder im Heu bitten."

Er war so aufgebracht, dass er ungerecht wurde, und als die großen Augen sein Gesicht absuchten, als wäre darin die Lösung zu finden, setzte er boshaft nach:

„Leider haben wir nicht den Landauer dabei oder zumindest den Einspänner. Mein winziger Fiat dürfte nicht standesgemäß sein."

Er fuhr sie nach Hause.

Beim ersten Mal wäre er fast über sie gestolpert. Sie saß vor seiner Tür, als er morgens zur Arbeit wollte. und beim Öffnen kippte sie ins Zimmer.

„Geh nach Hause!"

Jeden Morgen saß sie dort. Er stieg über sie hinweg, ließ sie nicht ein und ging ohne ein Wort. Von seinem Zimmer sah er sie unter dem Baum sitzen. Immer, wenn er hinabsah, war sie da.

Am Abend saß sie wieder vor seiner Tür, und sah er sie, machte er kehrt.

Am Morgen kletterte er von Balkon zu Balkon, und über die Feuerleiter ergriff er die Flucht. Eines Nachts sprang sie ihm aus einem Gebüsch in den Weg.

„Stephen, ich liebe dich." Ein großes Blatt mitten auf der Windschutzscheibe. Der Klebstoff war nicht zu entfernen.

„Bist du damit gemeint?"

Ein Kollege schob ihm das Inserat hin.

„Stephen, ich liebe dich für alle Zeit, deine M."

„Stand heute in der Zeitung."

Der Institutsleiter suchte ihn auf.

„Du siehst nicht gut aus, wirkst überspannt. Fast jede Nacht im Institut. Alle Achtung. Aber wo bleibt das Leben. Mach mal Pause."

Ihm fehlte der Schlaf und er zitterte, seit sie ihn nachts verfolgte. Er schlich an den Häusern entlang, gewärtig, dass sie ihm den Weg verstellte. Sprach ihn jemand an, schrak er zusammen. Wo er war, wo er ging, sah er blauweiße Kleider. Überall rief es „ich liebe dich, Stephen". Zum Gin nahm er Schlaftabletten, die Forschung vernachlässigte er, aß kaum noch, nahm ab, dafür trank er viel. Das blauweiße Kleid verfolgte ihn.

„Lauert sie mir heute auf, ersteche ich sie."

„Du spinnst. Das ist nicht dein Ernst." Rolf war besorgt.

„Das ist mein Ernst. Ich bring sie um."

„Komm, wir fahren zum Arzt oder direkt in die Klinik."

Willenlos ging er mit. Hinter ihm sperrte einer die Tür ab. Auf der Geschlossenen war er in Sicherheit.

„Steve, deine Freundin ist da." rief einer von der Eingangstür. Schweiß brach ihm aus, sein Herz raste, ihm wurde übel, hatte sie ihn doch gefunden?

„Du bist nicht gemeint, es ist für den anderen, für Stefan."

Ein halbes Jahr hatten sie ihn dortbehalten.

„Mach Urlaub bis zum Semesterbeginn", sagte sein Chef. In Sizilien würde sie ihn nicht finden. Und doch, sah er am Strand etwas blauweiß, ergriff er die Flucht.

Sollte er für immer dieses Land verlassen, sie doch töten, oder sich selbst? Manuela hatte sein Leben regiert, sie war sein Dämon geworden.

„Perché sei cosí triste? A causa di una donna? Ma non ne vale la pena, amico."

Die Italiener hatten ihn wieder zurück aufs Gleis gesetzt.

Manuela würde ihm nichts mehr anhaben können.

Eines Abends führte eine lange Spur dunkler Rosenblätter den ganzen Flur entlang. Erst an seinem Zimmer brach sie ab. Ein riesiges rotes Herz prangte auf der Tür.

Er kannte das Klopfen am nächsten Morgen und reagierte nicht. Hatte er ihre Beharrlichkeit vergessen? Mit jedem Klopfen schlug sein Herz schneller. Dann hämmerte sie mit der Faust gegen die Tür, trat dagegen, rief, schrie. Stille.

„Ich weiß, dass du mich nicht liebst, lass uns noch einmal reden."

Hatte er sie je geliebt oder hatte ihn Illusion blind gemacht?

„Lass mich rein, einmal noch, dann geh ich aus deinem Leben."

Was meinte sie? Wollte sie aus seinem Leben verschwinden oder aus ihrem Leben?

„Versprich, dass du dann gehst", sagte er durch die geschlossene Tür. Er bat, beschwor sie geradezu.

„Versprochen."

Er ließ sie ein.

„Ich weiß, dass du jetzt zur Arbeit musst. Ich setz mich ganz still in die Ecke und warte, bis du wieder da bist. Ich rühr mich nicht von der Stelle und fass auch nichts an, versprochen. Komm aber bald wieder, damit wir reden können."

„Worüber sollten wir reden?".

Wenige Stunden später war er zurück. Wie konnte er so arbeiten, aufgewühlt und unkonzentriert. War es ein Fehler, sie einzulassen?

Manuela erwartete ihn still in der Ecke, sie sah aus wie immer, ernster vielleicht, die Augen starrten, wie er sie kannte. Er spürte es sogleich, irgendetwas war anders. Hatte sie einen finsteren Plan? Bräche gleich der Orkan los?

Das Bild! Das Bild neben dem Fenster, das große Foto von Maria, es fehlte.

„Wo ist das Foto?"

Da war wieder der Dämon. Ihr Kichern war bösartig.

„Nicht da."

„Wo ist das Bild?"

Seine Zündschnur war kurz, er explodierte, er schrie, er tobte.

„Wo ist das Foto?"

Er brüllte, und die Lungen wollten ihm platzen. Und wieder dieses irre Kichern.

„Die wird jetzt sauer."

Da verstand er plötzlich die Mörder, die Totschläger, wie Erregung sich über den Verstand legt, ihn fesselt, der Impuls zur Besessenheit wird, das Handeln die Kontrolle durchbricht. Blindwütige Tötung im Affekt, er war kurz davor. Die leere Milchtüte am Boden. Am Morgen hatte sie noch nicht dagestanden. Er trank keine Milch. Der Verdacht wurde Gewissheit. Manuela hatte Marias Portrait, das Bild, das ihm fast heilig war, in kleine Stücke zerrissen und die Schnipsel in die leere Milchtüte gequetscht. Augenblicklich war er wieder er selbst, war nicht mehr das rasende Tier. Sechs Wochen Sizilien hatten seinen Verstand befreit.

„A causa di una donna? Ma non ne vale la pena, amico." Wegen dieser Frau verrückt zu werden, lohnte sich wirklich nicht.

Er hatte sie dann nicht mehr gesehen. Kurz darauf war er zurück in England, wohnte seither in London. Als er auszog, hielt ein Freund aus dem Haus ihn an.

„Das war ja atemberaubend neulich."

„Was meinst du?"

„Na, ich hab das Geschrei gehört, ich war gerade auf der Wiese. Du hast die ja kaum gebändigt gekriegt, dabei ist sie nicht mal groß und stark sieht sie auch nicht aus. Aber wenn einer in Rage ist, brauchst du fünf Leute, um den zu überwältigen. Ich hab gesehen, wie du die gepackt hast, wie du sie auf den Balkon geschleppt hast. Die hat sich ja gewehrt mit Händen und Füßen, hat sich an der Tür festgekrallt, hat dir in die Eier getreten, ich hab gesehen, wie sie dir in den Hals gebissen hat. Du hast nicht lockergelassen, Donnerwetter. Ich hätte ja eingreifen können, aber dann hätte ich die Prügel abgekriegt, ich war ja auch zu weit weg. Irgendwie hast du sie auf den Balkon geschmissen und dann war wohl Ruhe. Du hast die Tür zugemacht und den Rollladen runtergelassen. Das hättest du noch sehen sollen, wie die in dem blauen Kleid von einem Balkon zum andern geklettert ist. Ich hab gedacht, jeden Moment fliegt sie runter, es war ja auch nicht mehr hell."

Er war froh, sie losgeworden zu sein, hatte sich nicht mehr um sie gekümmert, nachdem er sie endlich auf dem Balkon hatte. Ihm war egal gewesen, was sie machen würde. Er war einfach gegangen. Und wenn sie abstürzen würde.

„Und ich hatte immer gedacht, ihr seid so ein schönes Paar. Ich hab euch ja oft gesehen, wie ihr Hand in Hand durch die Stadt gegangen seid. An dem komischen Kleid hab ich euch immer erkannt. Weißt du, was sie jetzt macht?"

Er schüttelte den Kopf. Es interessierte ihn nicht.

„Bis zum vierten Stock ist sie hochgeklettert, von einem Balkon zum nächsten, das hätte ich der nie zugetraut. Da oben hat sie einer reingelassen. Wenn mich nicht alles täuscht, wohnt sie jetzt bei dem."

Stephen hätte gern gewusst, was eine
Vitalistin wäre, und die seltsamen Begriffe auf
dem Schild, Sensitivityanalyse, Auramassage,
Chakrenenergetik, Erdstrahlenneutralisation.
Was war spirituelle Sexualistik? Es wirkte
verheißungsvoll. Vielleicht sollte er sie mal
anrufen. Für diesen Fall hatte er ihr Schild
fotografiert, Ob sie noch immer das blauweiße
Kleid trug und nach Kernseife roch? Püppi
hieß der Hund. Vielleicht wäre sie jetzt anders.

Menthol,
gut für die Lunge

„Nicht schießen!" Der Knall. Sie hatten sein Flehen wohl überhört; es war zu leise gewesen. So fühlt es sich an, tot zu sein? Das war ja nicht einmal schlimm. Er hatte nichts gespürt, kein bisschen Schmerz. Einfach erschossen. Gleich kommt das Licht am Ende des Tunnels, dann zieht noch einmal das Leben an einem vorüber. Wann kommt denn das Licht? Da kam kein Licht. Seine Beine wurden schwach, knickten weg, es war dunkel und still.

Acht Uhr, und seit dem Aufstehen nicht geraucht, nicht eine Zigarette! Diesmal bist du kein Versager, Hermes, diesmal nicht. Die Letzte um Mitternacht, acht Stunden her. Aufstehen! Nein, bleib liegen! Und wenn ich doch wieder schwach werde? Du wirst nicht schwach, rede es dir nicht ein! Freu dich drauf. Mensch, du hast dich entschlossen, jetzt bleib dabei. Warum eigentlich, ich bin so alt. Denk

mal, wie schwer du atmest. Heute vor vierzig
Jahren war auch mein Geburtstag. Da war ich
zwanzig. Heute werde ich sechzig. Sechzig.
Grund genug. Und wenn ich doch wieder
versage?

Es war einer der Filme gewesen, die immer
wieder im Kopf liefen. Der Geruch nach Silo
und Vieh. Der dreihundert Jahre alte Gasthof.
Die hier ein- und ausgegangen waren, hatten
die Stufen rund getreten. Wie er die Mistreste
von den Schuhsohlen abkratzte, bevor er
eintrat, das Stampfen der Kühe, das Klirren
ihrer Ketten, wenn sie den Kopf warfen, und
ihr Brüllen.

„egelbahn" hatte über der Eingangstür in dem
Leuchtkasten gestanden, darüber „Gasthof
Zum Hirschen". Nur tagsüber sah man, dass es
Bundeskegelbahn hieß, niemand hatte die
defekte Röhre je ausgetauscht. Lange nach
Mitternacht, die Leuchtschrift war aus, die
andern waren längst fort, da hatte er gewagt,
sie zu küssen. In der warmen Nacht sah man
nichts, auch nicht seine Befangenheit. Er
schämte sich seines Zitterns. Wenn sie es nur
nicht merkte! Was würde sie von ihm denken?
Ihr Atem ging schnell, und wenn er die Nase

in ihr Haar steckte, raschelte es leise, und es roch nach Land und Zitrone.

„Ich pflück dir den Merkur vom Himmel, aber du musst die Leiter halten."

Diesen Satz hatte er sich zurechtgelegt. Eines Tages, eines Tages sollte Roswitha ihn hören. Das war der Tag.

„Wie schön du das sagst."

Sie legte ihr Gesicht in die Kuhle seiner Schulter.

„Welches ist der Merkur?"

„Der da." Und zeigte auf irgendeinen hellen Stern. Der könnte es doch sein.

Zehn waren sie damals wohl in der Gruppe. Ernst, Wolle, Opa, Fuzzy und er selbst, dann Edith, die beiden Gabis, Lore und Roswitha.

Jetzt sagte Roswitha Hermes zu ihm. Vor wenigen Jahren hatte er zum ersten Mal die Sparkasse betreten, und fortan nannte sie ihn beim Namen. „Guten Tag, Herr Breiling." Nie musste er die Kontonummer nennen, Roswitha hatte sie im Kopf. Bis sie das erste Mal hinter dem Schalter stand, war Hermes einmal im

Monat zur Sparkasse gegangen. Er hob so viel Geld ab, wie er für vier Wochen brauchte, bis zum nächsten Monat, dann wieder. Seit sie da war, kam er häufiger und ließ sich kleine Beträge auszahlen. Jedes Mal warf er einen Blick auf ihre Hände, ob sie schon einen goldenen Ring trüge. Er trat gar nicht erst ein, wenn er hinter dem Schalter ihre Brille nicht sah. Dann kam sein Geburtstag. Hundertmal hatte er vor dem Spiegel geübt, sollte er so gucken oder so. Hundertmal hatte er den Satz geprobt. Und dann war es doch misslungen.

„Fräulein Bruns, ich wollte", und schon hatte seine Stimme versagt, war der Mund trocken gewesen. Kaum, dass er die Einladung zu seiner Geburtstagsfeier herausgebracht hatte.

„Nichts Großes, paar Mädels, paar Jungs, wir wollen kegeln."

Endlich hatte er es hinter sich.

Wenn Hermes die Kugel warf, war es wie Ballett. Andere schmissen sie mit einem Knall auf die Bahn, und oft torkelte sie in die seitliche Rille. Hermes konzentrierte sich, wog die Kugel im ausgestreckten Arm, und nach kurzem Anlauf beugte er die Knie und setzte sie gewandt und leise auf. Dass Roswitha ihm zusah, spornte ihn an. Jeder Wurf gelang, und sogar seine Bewegungen schienen ihm eleganter als sonst. Bisweilen wandte er den Kopf für ein Lächeln. Warum rauchte Roswitha? Frauen sollten nicht rauchen! Roswitha tat es mit Anmut, schnippte mit dem Finger gegen den Boden der Schachtel und fing die herausschnellende Zigarette gekonnt mit den Lippen auf.

„Willst eine?"

Hinter den Brillengläsern waren ihre Augen größer und betörend. Er hatte über einen griechischen Helden gelesen. Den mussten seine Freunde am Mast festbinden, damit er nicht dem Gesang der Sirenen erlag. Er war nicht Odysseus, gern war er Roswitha verfallen.

„Willst eine, Hermes?"

Er schüttelte den Kopf.

„Ich rauch nicht. Passt nicht zu Sport." Und zeigte auf seine Brust. Dort strahlte weiß auf blauen Grund das Wappen des Leichtathletikvereins.

„Eine. Komm! Aus Freundschaft?"

Wie Roswitha die Zigarette hielt, sacht wie
einen Schmetterling, nur nicht zerdrücken,
zwischen den Spitzen von Daumen und
Zeigefinger. Wie sie dabei die anderen Finger
wegspreizte, was so fein aussah, das konnte
nicht schlimm sein. Und wie die Lippen das
Mundstück umschlossen und es mit ihrem
saftigen Rot stempelten, das hatte Zauber.

„Komm! Aus Freundschaft", wiederholte sie,
legte den Kopf schief und sah ihn so innig an,
dass ihn wohlig fröstelte.

„Menthol, gut für die Lunge."

Sie hielt auffordernd die grüne Schachtel mit
dem weißen Aufdruck hin.

Eine würde er nehmen, aber nur eine, ihr
zuliebe. Er griff danach.

„Nein, so nicht! Mund auf!"

„Nicht so weit."

„Noch ein bisschen."

„So ist gut."

Dann schnippte sie, und er fing die Zigarette mit den Lippen.

Ihr schelmisches Lächeln hatte gewonnen. Er war ihr rettungslos verfallen, hatte sich abgöttisch in diese Frau verliebt.

Acht Uhr. Bis um diese Zeit hatte er sonst mindestens drei geraucht. Wenn er diesmal wieder aufgab, könnte er nur noch voller Verachtung sein Spiegelbild ansehen. Er musste es durchhalten; es wäre der letzte Versuch.

Zeitung beendet, Blick auf die Uhr, die Zeiger wie festgeklebt.

Roswitha hatte immer zwei angezündet. Warum mussten ausgerechnet jetzt solche Bilder kommen! Sie hatte die beiden zusammen zwischen die Lippen genommen, zum Glimmen gebracht, und wenn sie ihm eine in den Mund steckte, war da der Geschmack nach ihr und der Süße des Lippenstiftes.

„Deine sportlichen Leistungen sind schlecht. Was ist los mit dir, Junge?"

„Trainingsmangel, viel Arbeit."

„Du rauchst, man riecht es."

„Nicht richtig."

„So kannst du nicht mit zur Meisterschaft. Ich glaube, deine Freundin tut dir nicht gut. Ich meine, was deine Leistungen angeht."

Dann trainierte Hermes kaum noch, schließlich hörte er ganz auf.

Auch seine Besuche im Vereinsheim wurden selten. Bisweilen sah er Wettkämpfen zu. Die Schmach, wenn Andere Triumphe feierten und er nur Bier trank. Auf dem Regal neben der Theke wurden seine Pokale matt. Schon lange war keiner mehr hinzugekommen.

„Hast du zugelegt?"

„Du hast ganz schön zugenommen."

„Mensch, hast du einen Bauch bekommen."

„Alles Gute zum Neuen Jahr, Hermes. Komm, lass uns anstoßen."

Wie gewohnt war Roswitha dabei, zwei Zigaretten anzuzünden.

„Nein, lass mal. Ich hör auf damit und fang wieder mit Sport an. Das ist mein Vorsatz zum Neuen Jahr."

„Du kannst es versuchen. Aber ich glaube nicht, dass du das schaffst. Ich wünsch dir viel Glück dabei. Und erwarte nicht von mir, dass ich auch aufhöre."

Nein, Hermes schaffte es nicht, nicht einen Tag.

Plötzlich war Roswitha tot.

Ein Pferd hatte ausgeschlagen und ihren Kopf zertrümmert.

Wenn er doch den Mut aufbrächte, auch sein Leben zu beenden.

Er tat, was er immer getan hatte, schlief, stand auf, ernährte sich irgendwie, ging zur Arbeit. Und jeden Tag ein kleiner Spaziergang zu der Bank, auf der sie oft gesessen hatten. Von hier aus hatten sie ins Tal geblickt, sahen Felder und Wiesen ergrünen, Blüten kamen und vergingen. Sie hatten den Traktoren bei der Arbeit zugesehen, und im Sommer hatten sie sich gegen die Mücken gewehrt.

Hermes erinnerte sich an die Sache mit dem Fuchs.

Roswitha hatte geschnuppert.

„Heute riecht es nach Fuchs."

„Woher weißt du, wie Fuchs riecht?"

„Ich stell's mir so vor."

„Können auch verblühte Margeriten sein."

„Menthol? Gut für die Lunge. Mund auf!"

Und dann schnippte sie die Zigarette, geschickt, und es war wie beim allerersten Mal. Die Kippen mehrerer Jahre lagen noch um die Bank herum.

„Mach wenigstens mal das Fenster auf, das stinkt unerträglich."

„Menthol, gut für die Lunge."

Die abgedroschene Floskel konnte keiner mehr hören, aber die Kollegen im Finanzamt ließen ihn gewähren, sie hatten den Spruch oft von Roswitha gehört, und wussten, wie er litt, auch Jahre nach ihrem Tod noch.

„Wenn Sie mit dem Rauchen aufhören, wenn Sie abnehmen und Sport machen, brauchen Sie keine Medikamente mehr, und Sie müssen auch kein Insulin mehr spritzen."

Wie oft hatte er sich das vom Arzt anhören müssen.

„Und wie geht das, aufhören?"

„Einfach keine mehr kaufen."

„Die letzte Packung halb zu Ende rauchen und wegschmeißen."

„Es gibt Hypnose dafür."

„Akupunktur."

„Versuchen wir's mal mit Tabletten."

Er hatte es oft versucht, er hatte alles versucht und nie das Ziel erreicht.

„Gestern hab ich die Letzte geraucht. Diesmal schaff ich es."

Wenn alle davon wüssten, würde er die schwere Zeit durchstehen.

„Toll! Viel Erfolg und viel Glück dabei!"

Keiner glaubte daran. Länger als zwei Wochen hatte er die Qual nie durchgehalten.

„Ich hab ja sonst nichts. Das ist das einzige Vergnügen, was mir noch bleibt", das war die Begründung für seinen Rückfall.

Er schämte sich. Er schämte sich, wenn ihm auf seinem Weg zur Bank jemand begegnete. Er schämte sich, dass jemand sah, wie er sich den flachen Hügel hochschleppte. Wie seine Beine den massigen Körper kaum trugen. Wie schwer er atmete und dennoch kaum Luft bekam. Dass es in seinem Kopf dabei eng wurde, sahen sie nicht. Er schämte sich vor denen, die ihn als Athleten gekannt hatten. Er schämte sich, dass jeder ihn für willensschwach hielt. Er schämte sich, weil er als Vielfraß galt.

Hermes lebte zurückgezogen. Er ging zur Arbeit und kaufte ein. Er mied die Menschen. Erst war es die Trauer gewesen. Und jetzt? Mit Abscheu sah er sein Spiegelbild an. Welche Frau würde so einen haben wollen?

Mit einer Zigarette im Bett begann jeder Tag, und auf gleiche Weise ging er zu Ende.

Einmal im Jahr fuhr er ins Allgäu.

Sein Geburtstag. Zehn Uhr.

Die Kollegen waren soeben gegangen.

„Feierst du, es ist ein runder?"

Sie hatten ihm einen Kuchen gebracht, die Karte von allen unterschrieben. Sonst kam niemand. Warum ging die Uhr so langsam? Immer noch keine geraucht. Vierzehn Stunden blieben bis Mitternacht, dann wäre der erste Tag vorbei. Der erste einer endlosen Folge entsetzlicher Tage. Hermes fuhr in die Stadt, bestieg den Zug, eine Strecke drei Stunden, dann wieder zurück. Er hatte kein Ziel. Im Zug war er vor der Versuchung geschützt. Wo er nie welche gesehen hatte, hingen jetzt Automaten, standen Reklametafeln. Nicht in die Stadt! Dort gab es Läden, Zigaretten, wohin er sich wendete. Hatte nicht Jesus den Verlockungen des Teufels widerstanden? Drei Mal sogar? Ja, aber Hermes war nicht Gottes Sohn. Hermes ging in den Wald, das Laufen fiel schwer. Hier gab es keine Reklame. Hier lagen Zigarettenschachteln herum. Geistesabwesend bückte er sich, griff nach einer. Sie sah neu aus. Leer! Ständig tanzten vor seinen Augen die grünen Packungen mit weißem Aufdruck, als feierten sie schon ihren Sieg und sängen. Menthol, gut für die Lungen. Er zitterte, schwitzte, die Beine zuckten, ihm war kalt.

Roswitha hatte stets einen Notvorrat. Für alle Fälle. Hätte er doch auch einen angelegt. Ob er die Schubladen zweimal, dreimal herauszog, er blieb ohne Erfolg. Suchte in Schränken, auf ihnen, im Keller. Nichts. Klopfte Jacken und Mäntel ab, in alle Taschen griff er, drehte sie um. Der Nachbar war Raucher, ihn würde er bitten. Nicht da.

Dann brach der Damm, der Verstand wurde Sklave seines dämonischen Wollens, der Trieb hatte Oberhand. Zigaretten, schrie es in ihm, Zigaretten.

Es war eine warme Nacht, wie damals zu seinem Geburtstag, als die Kühe brüllten, Roswitha nach Zitrone und Land roch. Den Merkur pflück ich dir, wenn du die Leiter hältst.

Hermes fuhr durch die Straßen, kein Ziel, alles dunkel, Läden geschlossen, auch die Tankstellen nicht mehr erleuchtet. Panik,

Verzweiflung, das Denken wirr. Eine, nur eine! Sollte er klingeln, da, wo er Licht sah? Ein innerer Orkan. Zur Autobahnraststätte, siebzig Kilometer, ob er die überstand?

Plötzlich links das Sportheim. Dunkel. Dort hatte er mit Roswitha an der Theke gestanden. Im Spiegelschrank hinter dem Tresen Schnapsflaschen und Gläser. Und Zigaretten! „Eine Schachtel bitte." „Die Grüne? Menthol, gut für die Lungen." Alle hatten gelacht, sie kannten ihn und Roswitha.

Ohne zu denken, war er hineingefahren. Der Schotter, das Schlagloch, alles wie einst. Kein Licht. War doch jemand da? Vielleicht ist sie offen, die Tür. Alles verschlossen, die Tür, die Fenster, er ging um das Haus. Niemand da. Er ging noch mal herum, stolperte über den Spaten, ergriff ihn, war an der Tür, setzte ihn an, hoffentlich brach der Stiel nicht, es krachte, die Tür war offen.

Das erste Mal seit Jahren. Der Geruch wie vordem, kalter Rauch und Bier. Hoffentlich sind Zigaretten da. Er kannte den Weg, nichts war verändert. Hoffentlich sind Zigaretten da. Kein Licht. Das liegt an der Sicherung. Sie machen sie raus. An den Wänden entlang, Hermes tastet, da, das kalte Metall des Schanktischs, die Hocker, die Wasserhähne. Schritt für Schritt, er tastet um den Tresen herum. Dort muss die Vitrine sein. Hoffentlich Zigaretten darin. Jetzt nicht noch stolpern, Hermes, ja keinen Lärm! Da war ein Geräusch, Rollen von Reifen, eine Autotür. Zum Fliehen ist es zu spät. Wohin auch bei dieser Finsternis!

Ein Tritt stößt die Tür auf, fest kneift er die Augen zu, so sehr sticht das Licht. Dahinter drängt eine zweite Lampe.

„Polizei, Hände hoch!"

Er hörte das Klicken. Jetzt hat einer die Waffe entsichert.

„Hände hoch, schnell! An die Wand!"

Zittert, schlottert.

„Nicht schießen!"

Der Knall verschluckt sein „Bitte." Da hat einer geschossen. Warum? Ich hab nichts getan, hab nur Zigaretten gesucht. Tot sein ist schön, so ohne Schmerzen, keine Angst, auch alles Verlangen fort. Dann rauscht es im Kopf, kommt näher, wird laut, lauter, er hört nichts anderes, es rauscht, dröhnt, er sieht nichts mehr, und dann ist es still. Bin ich jetzt richtig tot?

„Jetzt mal ruhig, Mann, Sie machen sich ja in die Hosen. Was wollten Sie hier drin?"

Sie hatten ihn auf den Holzstuhl gesetzt. Die Kante drückt, das Licht blendet, eine Hand im schwarzen Handschuh um seinen Arm, eine andere auf seiner Schulter, sie halten ihn, dass er nicht fällt.

„Was ist los? Mit einem Mal waren Sie bewusstlos, Mann. Was machen Sie hier? Haben Sie die Tür aufgebrochen? Haben Sie was gesucht, was geklaut?"

Hermes nickt und hebt nicht einmal den Kopf.

Der schwarze Handschuh klopft beschwichtigend auf seine Schulter.

„Ruhig durchatmen."

Wer sind die Männer? Nur der eine redet, der andere steht wortlos dabei. Da ist kein

Gesicht, nur die Stiefel und die Arme, schwarz.

„Das hat ganz schön geknallt."

Der Lichtkegel sucht den Boden ab.

„Walnussschalen, wieso zum Teufel liegen die hier? Ich bin selber erschrocken. Um ein Haar hätte ich abgedrückt. Hätte auch einer stürzen können."

Das Licht sucht weiter im Raum.

„So, jetzt kommen Sie mal runter. Ist ja nichts weiter passiert. Wir nehmen Sie jetzt mit und danach bringen wir Sie nach Hause."

Wieder leuchten sie ihm ins Gesicht.

„Sag mal, bist du nicht Hermes? Hermes Breiling? Das sind deine Pokale da an der Wand."

Ein Klettverschluss reißt auf, leise klirrt es. Gleich schließen sich Handschellen um seine Gelenke; er ahnt schon das kalte Metall.

Ein Handschuh schiebt sich ins Licht, ein Finger klopft auf die Schachtel.

„Keine Sorge, wir tun dir nichts. Wir müssen dir aber ein paar Fragen stellen. Hier, Zigarette?"

Mit leisem Kopfschütteln verneint er. Sein Zögern hat keiner bemerkt, auch nicht, wie die Hand sich zum Greifen öffnet.

„Danke. Ich rauche nicht."

Ich bin Vera

Ich kannte sie vom Sehen. Alle in der Stadt kannten sie vom Sehen.

Wenn sie über den Platz schritt, folgte ihr mancher Blick. Sehnsucht konnte in ihm liegen, Bewunderung oder Geringschätzung. Bisweilen blieb sogar jemand stehen. Vera schritt. Sie ging nicht, lief nicht, sie schritt in vollendeter Anmut. Vera war nicht wie andere. Sie strahlte etwas märchenhaft Geheimnisvolles aus. Sie kleidete sich nicht wie wir. Ihre Eleganz könnte in Mailand oder Paris zum Alltag gehören. In unserer kleinen Stadt fiel sie auf. Als wäre das Pflaster ihr Laufsteg, bewegte sie sich. Stets trug sie einen langen, weich fließenden Rock mit einem Schlitz an der Seite; er öffnete sich beim Gehen und ließ das Darunter ahnen. Zu jener Zeit hießen Höschen noch Schlüpfer. Vera trug keine Schlüpfer, das waren Höschen, und nur der Saum wurde sichtbar, blau zum blauen Rock und gelb bei einem gelben. Lange schwarze Stiefel, Lederjacke, auch in Schwarz, ein vollendetes Bild. Nie sah sie jemand in Begleitung. Dass sie stets allein ging, rief Fantasien wach. Roter Teppich, roter Salon, Rotlicht? Vera war eine Sonnengestalt. Bei schlechtem Wetter sah ich sie nie. Auch beim Einkaufen war sie mir nicht begegnet. Sie ging über den Platz, bog in eine Seitenstraße. Schon war sie verschwunden, ihr Pferdeschwanz wippte ein letztes Mal, glatt, lang den Rücken hinab. Oft war ich versucht, ihr zu folgen und tat es nicht. Vera sah niemanden an. Ihr Blick verlor sich irgendwo, ihr feines Lächeln galt keinem. Oder allen. Wir wussten es nicht. Jeder wünschte, es sei für ihn. Feenhafter, fleischgewordener Männertraum. Alle in der Stadt kannten sie. Auch ich. Sie hieß Vera.

„Waren Sie schon mal hier?"

„Nein."

„Dann müssen Sie das hier ausfüllen. Und bitte Ihren Ausweis."

Vera schob mir ein Formular zu. Es war das erste Mal, dass ich aus der Bibliothek etwas auslieh. Vera stand auf der anderen Seite des Schalters. Sofort beim Eintreten bemerkte ich sie; fast wäre ich wieder gegangen.

Hier trug sie Kleidung wie jede Frau und hob sich doch ab von den anderen, fremd wie ein Schwarzbär im arktischen Eis. Ihr Fluidum rief den Zauber hervor. Flugs hatte sie das gewünschte Buch zur Hand.

Für das zweite Mal bereitete ich mich vor. Vera war beschäftigt. Also drückte ich mich an der Wand herum, tat, als läse ich die Ankündigung auf den Plakaten und beobachtete sie aus dem Augenwinkel.

Dann las ich ihr die beiden Titel auf meinem Zettel vor:

„Platonis Opera, die Oxford Ausgabe, und davon den ersten Band, und außerdem An estimate of the geological age of the earth."

„Geben Sie doch einfach her."

Sie nahm mir den Zettel aus der Hand. Ich hatte keine Vorstellung, was ich aus dem dicken Katalog ausgesucht hatte. Die Titel nahmen sich bedeutend aus, darauf kam es an.

Nach einer Woche brachte ich die Bücher zurück. Ich hatte sie nicht einmal ausgepackt. Philosophie interessierte mich nicht, und Astrophysik war mir völlig fremd. Aber so könnte ich Vera wiedersehen.

Ob ich nun Horaz im römischen Urtext auslieh oder eine chinesische Grammatik, nie rief ich bei ihr Verwunderung hervor. Auch nicht, als ich meine Anstrengung steigerte und Nachdrucke ägyptischer Papyrusrollen und mesopotamischer Pergamente bestellte. Vera blieb ungerührt. Sie bediente mich mit der sachlichen Kühle des ersten Tages. Woche für Woche ging ich in die Bibliothek, dann gab ich auf.

Es kam die Zeit, da rauchte ich viel.

„Du rauchst jetzt?

„Ja, aber es macht keinen Spaß.“

„Wie, du rauchst nicht gern. Warum rauchst du dann?“

„Einfach so", sagte ich meistens.

Manchmal log ich.

„Ich komm nicht mehr los davon."

Sie hätten es ohnehin nicht verstanden.

Die Wirklichkeit ist, ich experimentiere gern. Was macht ein Schmetterling ohne Flügel? Da war ich drei. Katzen können nicht schwimmen, hatte mein Vater gesagt. Ich hatte sie in eine Viehtränke voll Wasser geworfen, sie konnten doch schwimmen. Da war ich vier. Dann kam die Feuerwehr wegen des brennenden Schreibtischs. Da war ich acht. Ich hatte die Augen offen gehalten, bis mir das Sehen verging. Da war ich zehn. Die Inder machen es so, hatte ich gelesen. Mit zwölf rieb ich mein Gesicht mit brauner Schuhcreme ein. Ich wollte Silvia gefallen. Ein Schock aus meinem selbst gebastelten Elektrisiergerät hätte eine alte Frau schier ums Leben gebracht. Und mit zwanzig wollte ich rauchen lernen.

„Ich will wissen, wie das ist, wenn man raucht."

„Spinnst du? Und was bringt dir das ein?"

„Ich will Raucher werden, dann hör ich wieder auf."

„Das klappt nicht. Du bleibst dabei."

„Das glaube ich nicht. Und wenn. Ich will wissen, wie das ist. Wenn einen das Verlangen überkommt und du gar nicht anders kannst. Jeden Morgen erst einmal husten müssen, wie sich das anfühlt. Dann aufhören und Entzug."

„Ehrlich, du hast einen Vogel."

Es war müßig. Das verstand ohnehin keiner. Also ließ ich es mit der Wahrheit. „Nur so." antwortete ich künftig auf die Frage, wieso ich jetzt rauche.

Rothhändle, Overstolz, Stuyvesant und wie sie hießen, ich nahm alles, aber nicht wahllos. In politischen Zirkeln gehörte „Schwarzer Krauser" zum guten Ton, auf den Knien selbst gedreht, ohne hinzusehen. In frankophilen Kreisen waren es die gelben Gitanes oder die blauen Gauloises ohne Filter. Nur so gehörte man dazu. An der Staffelei hing mir die Pfeife im Mund.

Mein Vorbild war Henry Miller. Rotwein aus Zweiliterflaschen, Weißbrot, gelbe Gitanes,

Frauen nach Bedarf, Sex. Bis auf Frauen und Sex stimmte es. Dazu Musik vom Tonband, Juliette Greco und Georges Brassens. Wie achtlos hingeworfen lagen zerlesene Bücher im Raum. Der Blick eines Besuchers würde sofort darauf fallen.

„So was liest du? Sartre, Camus, die versteh ich nicht."

Ich verstand sie auch nicht. Heute verstehe ich nicht, warum ich schwarze Rollkragenpullover und schwarze Hemden zu den schwarzen Jeans trug. Es war die Kleidung der Existenzialisten. Zum Glück hat mich keiner gefragt, was das ist.

Ich malte, jemand klopfte an die Tür.

An der Staffelei pflegte ich mit dem farbverschmierten Kittel zu stehen. Dieses Mal trug ich auch die Baskenmütze. Die Pfeife zwischen den Zähnen, öffnete ich.

„Guten Tag. Ich bin Vera."

Ich trat beiseite.

„Darf ich reinkommen?" Sie war schon drin, bevor sie fragte und schloss die Tür hinter sich.

„Wir kennen uns", sagte ich.

„Ja, du bist schon lange nicht mehr gekommen. Früher hast du Bücher geholt. Wieso hast du das alles ausgeliehen und doch nicht gelesen?"

„Wie kommst du darauf?"

„Hast du sie gelesen oder nicht?"

Ich legte Palette und Pinsel zur Seite, auch Baskenmütze und Kittel. Die Antwort blieb ich schuldig.

Vera trug nicht den weichen Rock mit dem Schlitz. Auch keine Stiefel. In der fliederfarbenen Latzhose steckte ein ausgeleierter Pullover. Wie selbstverständlich schob sie sich den niedrigen Tisch zurecht, setzte sich darauf, lehnte sich gegen die Wand und schlug die Beine unter.

„Ganz schöner Mief hier. Sag mal, Bernhard, ich hab dich nie rauchen sehen."

„Ausnahme." Sie hatte Bernhard zu mir gesagt!

„Und der viele Müll. Erlaubst du, dass ich mich nützlich mache?"

Indem sie fragte, war sie bereits aufgestanden, hatte die Staffelei beiseite gerückt, das Fenster und die Tür zum Flur geöffnet.

Der Durchzug wehte Blätter vom Regal, drängte den Tabakgeruch hinaus, die Luft wurde ungewohnt klar. Rosmarin! Auf einmal der Geruch nach Rosmarin. Vera duftete so. Sie machte sich in meinem Zimmer zu schaffen und verbreitete diesen Duft. Mit dem Aschenbecher rannte sie zum Etagenklo, sammelte Kippen und Schachteln auf, fegte Krümel und Brötchenreste zu einem Haufen, und mitsamt den Flaschen polterte alles im Müllschlucker abwärts. Wenn sie fand, etwas gehöre weg, warf sie es fort und fragte nicht. Ich ließ sie gewähren.

Sartre, Camus und Beauvoir legte sie auf den Stapel zu Henry Miller.

„Hast du die wenigstens gelesen?"

Sie machte nicht den Anschein, als erwarte sie eine Antwort. Ich gab keine. Es ging alles sehr schnell. Wie narkotisiert saß ich im Weg, sagte nichts, sah ihr nur zu. Ein Traum?

„Fertig. Jetzt kannst du wieder wohnen, klar Schiff, und stinkt nicht mehr so."

Setzte sich erneut mit gekreuzten Beinen auf den kleinen Tisch, Rücken gegen die Wand.

„Zum Aufräumen bin ich eigentlich nicht gekommen. Ich komm hier rein, mach sauber, und du guckst mir zu. Guckst nur zu, sagst kein Wort, fragst nicht mal, was ich will?"

„Warum bist du hier?" fragte ich fügsam.

Belustigt genoss sie meine Verlegenheit.

„Ich möchte, dass du mich fotografierst."

Einfach so, ohne Einleitung. Ich möchte, dass du mich fotografierst.

„Ich soll dich fotografieren?"

„Du hast richtig gehört."

Ich dachte an Aktfotos und fragte:

„Für einen Ausweis, Bewerbung, oder wofür?"

„Nur so, für mich. Ich weiß, dass du schön fotografierst."

„Es geht, da gibt es Bessere."

„Ich kenn deine Bilder von der Ausstellung in der Fentaustraße. Die gefallen mir. Die alte Frau mit den Barthaaren, wie sie am Wasserhahn trinkt, das ist mein Lieblingsbild. Es macht mich traurig. Oder das mit dem Kind im Baum. Und die Porträts. Machst du ein schönes Porträt von mir?"

Vera wusste, wer ich war, sie hatte mich wahrgenommen. So schnell konnte ich nicht denken. Den Kaffee lehnte sie ab.

„Machst du? Ich weiß, dass du's kannst."

Ich hörte mich „Ja, gern" sagen, mit einer Stimme, die nicht meine war.

Dann tat ich gleichgültig.

„Du musst nicht den Lässigen spielen, Bernhard. Sei einfach, wie du bist!"

Verdammt, was klopfte mein Herz!

Ich sollte, ich durfte Vera fotografieren. Es war wie ein Ritterschlag.

Ich ging mit ihr in den Wald, auf die Wiese, zum Bach.

Das kleine Zimmer wurde zum Atelier.

Ich kniete vor ihr, kletterte auf den Stuhl, ging um sie herum, rückte sie zurecht, neigte ihren Kopf, strich das Haar in eine gefällige Form, schob den Träger der Latzhose ein wenig beiseite und hatte schließlich unzählige Filme verbraucht. Und ich badete im Duft von Rosmarin. Dann sah mich niemand mehr. Tage und Nächte in der Dunkelkammer machten, dass meine Augen brannten. Die Lösungen setzten meinen Händen zu, sie quollen auf, die Haut riss ein. Weder Hunger noch Durst spürte ich, weder Rotwein noch Tabak verlockten.

Vera hatte mich erwählt, nichts anderes zählte mehr. Ich war ihr Hoffotograf.

„Sehr schön geworden, die Bilder. Ich wusste, dass du das kannst."

Zum Abschied gab sie mir ein Buch.

„Das ist mehr was für dich." Fabian von Kästner, die Geschichte eines Moralisten. Danke für die schönsten Fotos meines Lebens, Vera, stand auf der ersten Seite.

Im Hinausgehen deutete sie auf die Tasche neben der Tür.

„Die kenn ich noch. Da waren die Bücher drin, die du nie gelesen hast."

Begegneten wir uns in der Stadt, war sie wieder die Frau von vordem. Allein ihr geheimnisvolles Lächeln galt fortan mir, nur mir.

Veras Porträt fand seinen Platz. Es war genauso groß wie das Bild von Toulouse-Lautrec, neben dem es fortan hing. Vom Bett aus hatte ich einen schönen Blick auf beide. Und so oft ich es betrachtete, bannte mich ihr ungewöhnliches Lächeln. Ich besitze das Bild noch heute, es ist mir heilig. Seinen Zauber hat es nicht eingebüßt.

Ich hatte die Frau nicht verstanden. Niemand hatte sie verstanden. Aber ich, ich war der, der sie so dargestellt hat, wie sie war.

Es ist der Mund. Er lächelt. Die Augen nicht. Lächelnde Augen hatte ich bei Vera nicht gesehen. Das eine von dunklem Blau, das andere heller, mit winzigen Schlieren wie Tinte in Wasser, und die Pupillen ungleich.

Das Lächeln der Lippen zieht den Blick auf sich und stellt sich schützend vor die Melancholie. Tausendmal hatte ich das Bild angesehen und es erst nach Jahren verstanden.

Bisweilen, wenn ich mich in das Bild versenke, duftet der Raum nach Rosmarin.

Oh, diese Lust

Sinnlich schlang sie ihre Arme um seinen Hals. Ihr Mund näherte sich seinem Ohr, er hörte ihr leises Schnauben. Sie biss zart in sein Ohrläppchen, knabberte daran und suchte mit der Zungenspitze den Eingang. Spätestens dann würde er sich winden in ihrer Umarmung, den Kopf wegziehen, „lass, mich friert" schreien und sich schütteln wie vor Eiseskälte. Erst dann würde sie ihn freigeben.

Sie senkte ihre Stimme zu einem Gurren.

„Hast du Lust?"

Und ob er Lust hatte, erst recht, wenn sie so anfing.

„Meinst du nicht, es ist zu oft?" fragte er und ergänzte:

„Wir haben's doch erst gestern gemacht."

„Na und? So oft leben wir nicht. Genießen, solange es noch geht."

Zwei lange Stunden bis nach Hause, und dann der dickste Feierabendverkehr. Hätte sie doch bloß nicht davon angefangen! Jetzt konnten es beide nicht erwarten. Nach Hause, runter die dicken Klamotten und los!

Als sie sich kennenlernten, hatte ihn ihre Hemmungslosigkeit begeistert, und auch sie war von seinem Ungestüm überrascht.

„Wir passen gut zusammen."

Darin waren sie sich einig.

Die Fahrt zog sich hin, Baustellen, Stau, ein Unfall. Sie hörten Nachrichten, Verkehrsdurchsagen und dachten doch an nichts anderes. Die Vorfreude war toll.

„Geiles Hobby haben wir. Wenn die Anderen das wüssten, die würden uns für verrückt erklären."

Sie lachten sich Tränen. Tatsächlich hatten sie schon versucht, die Flamme kleiner zu halten, vielleicht nur einmal die Woche. Genau eine Woche, dann war der Vorsatz Vergangenheit. Einen älteren Herrn aus der Nachbarschaft hatten sie eingeladen. Er sollte mal raus aus seiner Einsamkeit, Nicht immer nur Zeitung,

Essen auf Rädern, Fernsehen, schlafen. Er nahm die Einladung gern an, aber noch bevor es losging, war er plötzlich tot, lag bei ihnen in der Küche. Herzschlag, vielleicht vor freudiger Erregung.

„Wahrscheinlich werden wir jetzt jedes Mal daran denken. Hoffentlich vergeht's uns nicht."

Sie hatte sich ihrem Hausarzt offenbart.

„Also, so richtig gesund ist das nicht. Sie sind ja nicht mehr die Jüngsten. Zum Glück machen Sie Sport." hatte er kommentiert.

Es war ihr, als klänge Bewunderung mit, vielleicht sogar ein wenig Neid, als er hinzufügte:

„Also ich könnte das nicht."

Und als sie sich die Hand reichten:

„Haben Sie auch noch andere Hobbies?"

Es hatte Tage gegeben, da hatten sie nicht an sich halten können und waren sogar zweimal ihrem Verlangen erlegen. Danach waren sie stets völlig fertig und sogar der Bauch tat weh. Manchmal ging der Wunsch von ihm aus, dann wieder war sie es, die darauf drängte. Sie waren sich einig, mit anderen Partnern zuvor hatten sie nie so gut harmoniert. Fünf Jahre waren sie jetzt beisammen, und noch war keine Ermüdung eingetreten, war das Verlangen wie zu Beginn. Wenn es doch nur so weiterginge!

„Im Alter wird das weniger", sagte er einmal, als sie fertig waren.

„Bei dir merke ich noch nichts davon", entgegnete sie.

„Ich bei dir auch nicht. Du kannst dich nicht beklagen."

Manchmal zogen sie den Augenblick bewusst in die Länge, bis es keiner mehr aushalten konnte. Sie hatten es auch schon woanders versucht, hatten eigens längere Fahrten auf sich genommen in dem brennenden Verlangen, da könnte es noch besser sein. Meistens lief es auf eine Enttäuschung hinaus.

Es war nicht mehr weit, beider Unruhe nahm zu. Links die Metzgerei, kein Kunde drin.

„Ich spring schnell rein."

In seiner Ungeduld ließ er sogar den Motor laufen. Bei anderen schimpfte er und nannte es Unsitte, wenn sie einen Brief einwarfen und den Motor nicht abstellten. Aber jetzt drängte die Zeit, drängte es sie, das war eine Ausnahme.

Rasch legte er den Einkauf hinter sich auf den Sitz. Nur noch den Berg hoch, drei Dörfer noch, dann wären sie endlich da. Warum musste ausgerechnet jetzt der Traktor auf der Straße sein. Und dann so ein altes Ding, das höchstens zwanzig fuhr. Überholverbot, die Straße nicht einsehbar. Jetzt, in seinem Zustand, hätte er sich über jedes Verbot hinweggesetzt. Es ging nicht.

„Ist doch nicht so schlimm. Die paar Minuten, auf die kommt es jetzt auch nicht an."

Zur Beruhigung legte sie die Hand auf seinen Oberschenkel.

„Ach, Scheiße, da kann's einem wirklich vergehen. Du kannst dir ausrechnen, wie lange das dauert. Da bin ich mit dem Rad schneller."

Die Zeit dehnte sich, sein Ärger wuchs, er hupte.

„Lass doch", sagte sie, „jetzt nicht noch was riskieren."

Die letzten zehn Kilometer musste er hinter dem Traktor herfahren. Das Ende der Schlange hinter ihnen war nicht zu sehen. Zu Hause angekommen, war ihnen fast die Lust vergangen.

„Scheiße, eiskalt geworden", ärgerlich schmiss er die ausgepackten Brötchen auf den Tisch. Wie hatten sie gelechzt nach diesem Augenblick. Fleischkäse, doppelt so dick wie sein Daumen, mit Senf, zwischen zwei Brötchenhälften lappte er an allen Seiten heraus. Und jetzt das! Zwei Stunden Vorfreude waren dahin. Beide hassten sie kalten Fleischkäse, auch wenn ihr Metzger der beste war.

Da war das mit Jutta

„Du wackelst mit den Ohren, Heide."

Heide bereute, die Haare abschneiden zu lassen. Es war keine gute Idee. Jetzt, mit sechzig sei es an der Zeit, sich von den langen Haaren zu trennen. Nein, es war keine gute Idee.

„Curtain Cut."

Die Friseurin hatte eine dicke Präsentationsmappe aus dem Regal gezogen und schlug die Seite auf.

„Sehen Sie, Curtain Cut, das kleidet Sie."

„Das gab's doch früher", entgegnete Heide nach einem Blick auf das Foto.

„Ja, aber das trägt frau jetzt wieder. Eine schöne Farbe rein, das ist flott, Sie werden sehen."

„Färben nicht, also, dann machen Sie mal."

Wie ihre Haare strähnig bis auf die Schultern fielen, hatte ihr nicht gefallen. Mit einem Foto aus einer Zeitschrift war sie hingegangen, so wollte sie aussehen, aber

es war der Schnitt mit der komischen Bezeichnung geworden.

Heide hatte sich dem Vorschlag der Friseurin gefügt. Die musste es ja wissen. Danach, beim Blick in den Spiegel, der graue Bubikopf ließ die Ohren frei, gefiel Heide sich so auch nicht. Sie vermied den Blick in den Spiegel, sie müsste sich ärgern. Und jetzt sagte Hans, sie wackle mit den Ohren.

„Ich wackel nicht mit den Ohren."

„Doch, wenn du kaust und manchmal, wenn du sprichst. Du siehst dich nicht."

„Guck einfach nicht hin."

„Das sieht doch possierlich aus und ständig weggucken geht nicht. Ich möchte dich ansehen. Los, wackel mal mit den Ohren!"

„Was ist das denn, possierlich? Bin ich ein Meerschweinchen? Die sind possierlich."

„Hast du was gegen Meerschweinchen?"

„Immer findest du was an mir zu
auszusetzen."

„Ich kritisier dich nicht. Das gefällt mir.
Unsere Katze wackelt auch mit den Ohren, Ist
das hässlich?"

„Ich bin nicht unsere Katze. Die Katze ist rot."

Heide hatte ihren Teller in die Küche getragen.
Es schepperte. Sonst klirrte es nicht, wenn sie
etwas abstellte.

„Du hast immer schon mit den Ohren
gewackelt, vorher mit den langen Haaren hat
man's nur nicht gesehen."

Heide war zurückgekommen.

„Und dann war noch das mit Jutta", sagte sie.

„Wie, Jutta?" Hans wirkte erstaunt.

„Hast du das mit Jutta vergessen?"

„Wie kommst du auf Jutta?"

„Ist mir gerade draußen eingefallen."

„Und was hat das mit deinem Ohrenwackeln
zu tun?"

„Ich bin nicht nachtragend, aber das vergess ich nicht."

„Mit Jutta war doch gar nichts."

„Das sagst du so. Ich seh das anders."

„Dann sag mir gefälligst, wie du das siehst."

„Du hast zu ihr gesagt, sie soll reinspringen."

„Was? Nein, sie hat sich fallen lassen. Es war zu viel Licht. Möchtest du Kaffee, liebe Heide?"

„Nein, lenk nicht ab, und sag nicht liebe zu mir. Jutta war nie wieder dort."

„Aber das liegt an Alfred, nicht an mir."

„Alfred war in Thailand. Sie hat protestiert."

„Was sollte sie sonst machen? Er hat sich durchgesetzt."

„Da ist er wie du, so seid ihr Männer."

„Jetzt hast du wieder mit den Ohren gewackelt."

„Du hast gesagt, sie soll reinspringen."

„Gehst du an die Tür, Heide, es hat geklingelt."

„Ist bei euch dicke Luft?" fragte Eva, kaum dass sie zur Tür herein war.

„Das ist förmlich zu greifen. Habt ihr's wieder mit Jutta? Schön siehst du aus, Heide. Deine kurzen Haare machen dich jünger."

„Hab ich auch schon gesagt", rief Hans von drinnen, „mindestens vier Monate."

„Entschuldige, Heide, wenn ich lache", sagte Eva.

„Das sieht süß aus, wie du mit den Ohren wackelst beim Sprechen, wie eure Katze."

„Hans sagt, Jutta hat sich fallen lassen."

„So kenn ich sie gar nicht. Ich denke, sie nimmt Klee."

„Klee war mal, jetzt ist sie bei Wellpappe. Möchtest du Kaffee, Eva?"

„Nein danke. Morgen beginnt der Frühling. Stimmt das, dass sie nie wieder dort war?"

„Ich sag doch, da war doch das mit Jutta, aber Hans bestreitet es."

„Ich bestreite es nicht. Jutta will drei, dabei hat sie schon welche. Ich weiß, das stört dich."

„Es stört mich nicht, so viele brauchen wir nicht."

„Ich hab gehört, Jutta balloniert jetzt. Stimmt das, Eva?"

„Kann sein, aber wohl meistens im Dunkeln."

„Im Dunkeln sieht man nicht, wenn du mit den Ohren wackelst, Heide."

„Scher dich, Hans, geh spazieren!"

„Ich muss gehen. Ihr seid ein harmonisches Paar, aber manchmal versteh ich euch nicht. Wenn ich jetzt geh, seid ihr dann wieder friedlich?"

„Das mit Jutta will mir nicht aus dem Kopf."

Wo ist die Katze?

„Das glaubt uns niemand. Ich hätte auch nicht gedacht, dass wir den ganzen Plunder mit dem Roller transportiert bekommen."

Fabian lehnte in der Tür. Kühlschrank, Herd, Spüle, das war alles. Mit drei Schritten könnte er die Küche durchmessen. Gerade noch, dass der schmale Tisch vom Sperrmüll hineinpasste.

„Wenn uns die Polizei angehalten hätte, wäre das teuer geworden", sagte Julia vom Boden hoch. Im Schneidersitz saß sie inmitten der Einkäufe. Kein Fuß hätte noch Platz gefunden zwischen Konserven, Tüten, Schachteln, Gläsern und Flaschen.

Sie lief über vor guter Laune. Nicht einmal in böser Absicht könnte ihr jemand diesen schönen Tag verderben.

„Steh mal gerade, Fabian! Du siehst aus wie ein verbogener Draht, wie das sprichwörtliche Fragezeichen."

Fabian konnte nicht gerade stehen; sein Kopf stieß bereits oben gegen den Türrahmen.

„Ja, lach doch!" Er klang nicht ärgerlich. „Wir hätten besser nicht die Wohnung unter dem Dach genommen. Dauernd stoß ich mir den Kopf."

„Sei einfach ein bisschen kleiner! Die Leute haben vielleicht geguckt. Wir zwei auf der Vespa, Pat und Patachon. Du mit deinem Rucksack, ich mit meinem Rucksack, hinten die große Tasche drauf, und an jedem Arm zwei volle Tüten. Und das ohne Licht bei der Dämmerung."

„Vor mir auf dem Boden war auch eine", ergänzte Fabian.

„Die Leute haben bestimmt gedacht, das sind Türken."

„Ja, am besten noch vorn ein Kind drauf und hinten die Oma, wie in China."

Sie hatten alles in die Küche getragen, ausgepackt und auf dem Boden ausgebreitet.

„Ich mach das schon, räum du die Bücher ein!", hatte Julia gesagt. Jetzt stapelte sie Büchsen mit

Katzenfutter zu einer Pyramide, wobei sie vergnügt summte, und warf Fabian die Packung Toilettenpapier zu. Die Flasche Rotwein und die Milchtüten reichte sie ihm. Auf dem Kühlschrank wären sie besser aufgehoben als auf dem Fliesenboden.

„Wo ist eigentlich die Katze", fragte Fabian.

„Das ist deine Katze."

„Jetzt ist sie auch deine. Wo ist unsere Katze?"

Wieder warf sie ihm eine Tüte zu, diesmal das Katzenstreu.

„Ich hab dir gesagt, das ist deine Katze. Ich kümmere mich nicht drum. Hab ich das gesagt?"

„Hast du."

„Also!"

Nicht erst einen Zwist hatte die Katze ausgelöst.

„Auf dem Sofa hat sie nichts zu suchen!" „Dann bring du ihr das bei!" „In mein Bett kommt sie nicht!" „Von mir aus, dann kommt sie in meins!" „Ich aber nicht mehr. Entweder die Katze oder ich!" „Dann die Katze."

So waren die Wortwechsel; es war ihr Spiel.

„Wie heißt sie?", hatte Julia beim ersten Mal gefragt.

„Katze."

„Wie, Katze?"

„Einfach Katze."

„Die kann doch nicht einfach Katze heißen."

„Doch, kann sie. Beim Tierarzt haben sie auch gefragt, wie heißt die Katze. Katze, hab ich gesagt. Die kann doch nicht einfach Katze heißen, haben sie gesagt. In ihrem Ausweis steht Katze. Fertig. Meine Hamster hießen Hamster, meine Kaninchen Hase und die Katze heißt Katze."

„Und dein Kind nennst du dann Kind."

„Warten wir's ab."

Julia hatte sich das Stangenbrot gegriffen und unterstrich ihr Reden mit energischen Gesten.

„Ich möchte das schon vorher wissen", sagte sie.

„Was heißt vorher? Wir sind heute zusammengezogen, und auf einmal sprichst du von Kindern."

Er schnipste mit dem Fingernagel gegen die Flasche Rotwein und brachte sie zum Klingen, dann setzte er nach:

„Ob ich mit dir Kinder will, das steht noch in den Sternen."

„Ich hab nicht gesagt, dass ich jetzt Kinder will. Mich verlangt zu wissen, ob du dein Kind Tatonka oder Schneewittchen nennen willst oder sonst wie seltsam. Hörst du bitte mal mit dem Klopfen auf? Du weißt, dass mich so was rasend macht."

„So, gnädige Frau verlangt zu wissen? Mein erstes Kind heißt Kind 1, das zweite Kind 2 und so weiter. Irgendwann kann es heißen wie es will, von mir aus auch Schneewittchen."

„Wenn du so einen Unsinn erzählst, bleibt es sowieso bei Kind 0."

Im Reden stach Julia mit dem Stangenbrot auf die Packung Cornflakes ein. Aufgebracht wie sie war, bemerkte sie nicht das schalkhafte Zucken um Fabians Mundwinkel. Sie schwiegen. Nach einer Weile sagte Fabian:

„Ich glaube, wir sollten uns besser trennen."

Er kratzte sich mit einer Büchse Katzenfutter am Kopf. Es klang, als hätte er zu sich selbst gesprochen, als hätte er laut gedacht, mit genügend Kraft in der Stimme, so dass Julia innehielt.

Diesmal traf das Stangenbrot nicht die Cornflakespackung. Fabian hatte mit der Attacke gerechnet, parierte sie nicht, wich ein wenig zur Seite, der Stoß traf den Lichtschalter, stockdunkel war die Küche. Er strauchelte, griff in die Luft, fand keinen Halt, griff nochmals, hatte plötzlich ein Kabel in der Hand, und im Fallen riss er die Kaffeemaschine vom Kühlschrank. Dann schlug etwas Weiches am Boden auf, etwas rollte auf dem Kühlschrank, rollte nicht mehr und zerschellte auf den Fliesen.

Fabian saß in der Tür und tastete nach dem Schalter.

„Das war der Barolo."

Auch die Milchtüte war geplatzt. Rotwein und Milch flossen aufeinander zu, vereinigten sich und strebten als violetter Strom Richtung Küchenecke, erreichten Julias Hosenbein, gierige Farbzungen leckten am Stoff, krochen von den Unterschenkeln hoch. Julia saß nass, stützte sich mit den Händen ab und griff in eine Scherbe. Das Blut schmeckte nach Barolo.

Weißbrot, Käse und Rotwein sollten den Abend beschließen, den ersten in der neuen Wohnung. Damit sie nicht trockneten, standen die Pinsel vom letzten Anstrich in einem Eimer. Jetzt war die Kaffeemaschine lädiert, das wichtigste Requisit der vergangenen Tage. Sie könnten sofort wieder ausziehen; die Kisten waren noch nicht ausgepackt. Immer standen sie im Weg und wurden hierhin und dorthin geschoben. Wohnlichkeit würde sich später einstellen. Der heutige Einkauf war der Grundstock gemeinsamen Wohnens.

„Horror Vacui", hatte Julia mit Lippenstift auf den Kühlschrank geschrieben.

„Was heißt das?"

„Schrecken der Leere:"

Jetzt weichte das Stangenbrot; beim Kauf war es noch knusprig. Missfarbene Fetzen trieben in der Lache, erreichten den Spülschrank und wären im nächsten Augenblick verschwunden.

„Hast du schon mal so ein schönes Chaos gesehen?"

Julia baute an der Brücke zu Fabian. Nun müsste er auf seiner Seite mitbauen.

„Arschloch!" Ihm stand nicht der Sinn nach Frieden, der Abend war dahin. Ohne hinzusehen nahm er im Aufstehen wahr: die frisch gestrichene Wand war verdorben; zahllose Spritzer und Flecken bedeckten sie.

„Du hast doch von Trennung gesprochen!", schrie Julia, „Du hast auf mein Friedensangebot so hässlich reagiert! Du hast Feuer an die Lunte gelegt! Du bist das Arschloch!"

In Raserei ergriff Julia, was ihr in die Hand kam. Sie merkte nicht den Glassplitter in dem nassen Brotklumpen und warf mit aller Kraft. War es Blut, war es Wein? Der Schnitt an Fabians Schläfe klaffte. Von seinem Kopf troff es auf das hellblaue Lieblingshemd mit dem Blumenmuster.

„Das geht nie mehr raus!", schrie er. Wie ein Kind inmitten seiner Weihnachtsgeschenke saß Julia zwischen den Einkäufen. Ohne nachzudenken, trat er gegen ihre Schulter. Als sie fiel, zerplatzten zwei Milchtüten. Mit der Pose des Siegers verließ er die Küche; unter seinen Schritten knirschten die Scherben. Die Katzenfutterbüchse traf die Küchentür. Rechtzeitig hatte er sie hinter sich zugeworfen. Kurz zuckte er. Julia hörte seine Schritte. Gleich müsste er am Stuhl sein.

„Pass auf, meine Gitarre!", schrie sie. In seiner Wut wäre er zu allem fähig. Der Stuhl mit der Gitarre stand im Weg, Fabian riss sie herunter, noch ein Tritt, die Decke barst, Akkord der Vernichtung, als die Saiten rissen.

Auf einmal war Julia hinter ihm, riss an ihm, trat, schlug auf ihn ein. Ein Blumentopf zerschellte an seinem Rücken. Wenn sie doch ein Messer hätte! Wie sie dieses überhebliche Grinsen, diese widerliche Fratze hasste! Kaum, dass er sich nach ihr umsah, traf ihn der Hieb.

Die Brille klirrte zu Boden, sein nächster Schritt zertrat sie.

Plötzlich war es wie nach der Schlacht, wenn die Geschütze schweigen und die Stille des Todes einkehrt.

Fabian würde nicht zurückkommen. Julia spürte es. Sein Körper drückte Entschlossenheit aus, die stolze Haltung, der energische Schritt. Er riss die Wohnungstür nicht auf, er öffnete sie wie ein Portal. Stufe für Stufe, fast war es feierlich. Julia flehte, rief ihm Bitten um Verzeihung nach, sank auf die Knie, die Haustür fiel ins Schloss.

Dann hörte sie den Roller starten, den Motor heulen, das Durchdrehen des Rades und das Trommelfeuer hochspritzender Steine auf den leeren Mülltonnen.

Dann der Schlag.

„Wie ist das passiert?"

Sie zitterte und fror. Der Mann vom Rettungswagen legte ihr eine Decke um.

„Weiß nicht, ich war oben, hab nur den Knall gehört."

Warum machten sie das Blaulicht nicht aus!

Im Sekundentakt traf ihn das kreisende Licht, erhellte fahl das Gesicht, das nicht mehr seins war, und sie wusste: er ist tot.

„Wo bringen Sie ihn hin?"

„Unfallklinik. Wollen Sie mitfahren?"

Sie saß an seiner Seite, in der Kurve warf es sie über ihn, sie hielt seine Hand, strich über das blutig nasse Haar. Aber er atmete. Er war nicht bei sich, aber Gott sei Dank, er atmete.

In der Klinik schickte man sie wieder nach Hause.

„Sie können im Moment nichts für ihn tun. Wir machen die Untersuchungen. Das dauert, dann sehen wir weiter. Kommen Sie morgen wieder, am Nachmittag!"

Am Mittag schon war sie zur Stelle. Und wenn er inzwischen gestorben war? Niemand hatte sie benachrichtigt. An der Information stellte sie sich zu anderen Wartenden, alle mit dem gleichen Anliegen. Sie nannte seinen Namen. Nur einmal war sie in einem Krankenhaus gewesen, damals, als ihre Oma starb. Scheu war sie jetzt durch die Tür gekommen, die sich von selbst öffnete. Scheu stand sie in der Schlange, und mit brüchiger Stimme sprach sie ihre Bitte.

„Finde ich nicht. Buchstabieren Sie mal!"

Dann: „Ja, hier, ITS"

„Wie bitte?"

„Intensiv. Den Gang runter, dann rechts, steht dran. Sie müssen klingeln."

Eine Schwester öffnete.

„Wie geht es ihm?" Fast war sie unfähig zu sprechen.

„Ganz gut. Es sah schlimmer aus. Auch wenn er schon munter ist, schonen Sie ihn. Er braucht unbedingt Ruhe, keinerlei Aufregung. Immerhin war er ja bewusstlos. Und vielleicht hat er Schäden, von denen wir noch nichts wissen. Die Blume darf aber nicht mit rein. Wenn er nach Hause geht, kann er sie mitnehmen. Geben Sie her, ich stell sie ins Wasser."

Willenlos gab Julia die rote Rose aus der Hand.

Der graue Kunststoffboden, die Wände unten dunkel, oben hell gestrichen, knisternde Leuchtstoffröhren, im Gang wartende Betten, ganz anders als die farbig-freundlichen Krankenhäuser in den Arztserien.

Fabian war allein im Zimmer. Das kannte sie aus dem Fernsehen, Gestelle mit Infusionsflaschen, Wagen voller medizinischer Geräte, Monitore, Summen, Klicken, Blinken, Rauschen. Und Kabel, die in das Bett führten.

„Ich bin so froh, dass du noch lebst." Mehr brachte sie nicht heraus. Als wäre sie in einer Kirche, senkte sie die Stimme herab zu beinahe tonlosem Flüstern. Durfte sie ihn jetzt berühren? Sie hatte Scheu. Wie war das mit Hygiene? Die Krankenschwester hatte ihr beim Anlegen des Besucherkittels geholfen. Ob es ihm wehtat, wenn sie ihn anfasste, ihn streichelte,

„Nimm dir einen Stuhl und setz dich her!"

Das war Fabians Stimme, wie sie immer klang. Wie er sein Gesicht verzog, konnte es ein Lächeln sein. Dabei sah er so schrecklich aus mit dem dicken Verband um den Kopf, dem zugeklebten Auge, dem verquollenen Gesicht und den vielen Blutergüssen. In beiden Armen steckten Infusionsnadeln, Schienen machten sie unbeweglich, und sie standen aus dem Bett wie aufs Rad geflochten. Wie konnte Fabian da lächeln?

„Gell, sieht schlimm aus? Gehirnerschütterung, Rippenbruch, Platzwunde, jede Menge Prellungen, mehr nicht. Die haben sicher gedacht, der macht's nicht mehr lange. Morgen komme ich auf Normal, dann geht's aufwärts."

Ganz behutsam legte Julia ihre Hand auf seine. Wenn es doch weh tat?

„Wie ich dich kenne, hast du mir eine Blume mitgebracht, stimmt's?"

Sie nickte.

„Eine rote Rose, stimmt's?"

„Ja."

„Und die haben sie dir weggenommen. Das machen die hier so."

„Fabian, ich muss dich was fragen."

„Frag!"

„Du hast was von Trennung gesagt."

„Von was?"

„Trennung."

„Du hast dich verhört."

„Nein. Du hast gesagt, wir sollten uns besser trennen. Ich spinn doch nicht. Ganz genau hab ich das gehört."

„Jetzt weiß ich, was du meinst. Du hast mich nicht ausreden lassen. Plötzlich war das Licht aus und war das Chaos da. Du hast mich mitten im Satz unterbrochen. Ich wollte sagen, wir sollten uns besser trennen von dem alten Roller. Der ist nicht mehr verkehrssicher. Und du hast ja gesehen, dass er kaum den Berg hochgekommen ist vor Altersschwäche. Von dir will ich mich doch nicht trennen."

Julia wusste, dass er log. Dass er gern Andeutungen machte, absichtlich Missverständnisse erzeugte, nur um hinterher zu sagen, so wäre das nicht gemeint. Fabian spielte gern mit Feuer. Dieses Mal hatte er sich verbrannt. So wie im vergangenen Frühling. Ausgelassen hatten sie auf der Almwiese zwischen Knabenkräutern, Anemonen, Goldhänelein und Hahnenfüßen getobt. Es dämmerte, als er sich vor sie hinstellte und mit ernstem Gesicht sagte:

„Ich liebe dich nicht mehr."

Sie war in Tränen ausgebrochen, war über Stunden nicht zu trösten. Auch nicht, als er um Verzeihung bat:

„Das war doch nur Spaß. Du hast nur die Hälfte gehört. Der ganze Satz heißt: Ich liebe dich nicht mehr so wie vor einem Jahr, ich liebe dich viel viel mehr."

„Immer willst du mich provozieren!" Wie oft hatte er das schon von ihr hören müssen?

„Ich will dich nicht provozieren. Ich will dich necken. Das ist ein Unterschied. Ich will, dass du lachst."

Julia näherte sich seinem Kopf. So schmeckte trockenes Blut, nach Metall. Dann war ihr Mund an seinem Ohr, ganz dicht, und es war nur ein Wispern, als sie sagte:

„Überwachen die uns hier, Kamera, Mikro oder so?"

„Keine Ahnung, glaub nicht."

Ihre Hand glitt unter die Bettdecke.

„Du hast ja gar nichts an! Lauter Kabel.“

Sie fand seine Brust, seinen Bauch, da waren Härchen, sie zupfte daran, streichelte.

„Und was ist das hier?“, fragte sie und rollte den Schlauch zwischen zwei Fingern.

„Abwasser.“

„Ich versteh nicht.“

„Nicht dran ziehen, das Ding steckt in der Blase.“

„Ich zieh nicht dran, aber so machen darf ich doch? Ich bin auch ganz vorsichtig. Ist das so gut?“

War es ein Schmerzenslaut, der sie innehalten ließ?

„Tu ich dir weh?“

Fabian hatte die Augen geschlossen und schüttelte unmerklich den Kopf. Wieder lächelte er, diesmal war sie sich ganz sicher.

„Dann ist ja gut. Du musst sagen, wenn es weh tut.“

Sie fuhr mit dem Streicheln fort, während ihre Augen über den Turm aus Instrumenten und Monitoren wanderten. Alle Lämpchen leuchteten in beruhigendem Grün. Dann blinkte eins gelb auf, dann rot.

„Puls 126, ist das normal?", fragte sie.

Eine Schwester stürmte zur Tür herein, kaum dass sie zu Ende gesprochen hatte. Julia spürte ihr Erröten. Hoffentlich sah es die Schwester nicht! Hoffentlich hatte sie die Hand unter der Bettdecke nicht gesehen. Im Nu hatte Julia sie herausgezogen.

„Darf ich mal?"

Die Schwester schob Julia beiseite und tippte auf Knöpfe an der Anzeige.

„Seit 5 Minuten steigt der Puls, über 130 jetzt. Sie wissen doch, Aufregung schadet ihm. Haben Sie ihn geärgert? Sie können sich noch verabschieden, aber dann müssen Sie gehen!"

„Wann kommst du nach Hause?"

„Wenn alles gut geht, am Wochenende."

„Dann sind alle Kabel weg?"

Fabian nickte.

„Auch der Schlauch am Bauch?"

„Der auch."

„Sonst bring ich dich wieder zurück."

„Grüß mir die Katze!"

An der Tür warf sie ihm eine Kusshand zu.

„Ich besorg Rotwein, Weißbrot und Käse. Die Wand sah ganz schön aus, so gesprenkelt. Jetzt ist sie wieder wie neu."

„Komm noch mal zurück!"

„Ja?"

„Komm runter mit deinem Kopf, ich will dir was sagen. Näher! Noch näher!

Stell dir vor, ich hatte einen seltsamen Traum. Wir hatten ein Kind, und das hieß Tatonka." Dann biss er sie ins Ohr, ganz zart.

Daneben!

Lotte Bandilla ließ die halb gerauchte Zigarette aus der langen silbernen Spitze in den Aschenbecher gleiten. Clemens bewunderte ihre graziösen Bewegungen. Ob sie rauchte, schritt, tanzte, selbst das Schließen des Fensters, alles machte sie mit unnachahmlicher Eleganz, dem Charme der Tänzerin. Sie ging zu dem Schrank mit dem Plattenspieler und klatschte unterwegs in die Hände.

„Pause beendet, langsamer Walzer, bitte Aufstellung!"

Es war die dritte Tanzstunde. Seit dem ersten Mal hatte er nur Augen für die kleine Schwarzhaarige, über die er wusste, dass sie Brunhilde Wald hieß.

„Die Damen auf diese Seite, die Herren auf die andere", befahl Frau Bandilla.

Gleich würde sie das Kommando geben, dann stürmten die Jungs los, die Beute fest im Auge. Clemens hasste diesen Augenblick. Er kam sich vor wie bei einer Treibjagd. Er wollte nicht einer aus dieser geilen Meute sein. Lächerlich, wenn sie sich, weißes Hemd, Krawatte und feiner Anzug, entfesselt auf die Mädchen stürzten. Clemens bewegte sich lieber in ruhigem Schritt auf die Reihe der Damen zu. Manchmal blieben drei mögliche Tanzpartnerinnen übrig, bisweilen hatte er keine Auswahl. Die große mit den breiten Schultern wollte keiner. Sie bewegte sich schwerfällig, und auch auf Clemens' Füße war sie schon getreten. Mit wem er auch tanzte, er ließ Brunhilde Wald nicht aus dem Blick.

„Herr Bause, in Ihrem Arm ist auch eine Dame, die Sie anschauen dürfen." Frau Bandilla entging nichts.

Diesmal würde Clemens eine Ausnahme machen, diesmal würde auch er losrennen. Noch standen die beiden Reihen. Bis vor drei Wochen hatte er kein Mädchen im Arm gehabt. In der Höheren Knabenschule gab es keine Mädchen, nicht einmal eine Lehrerin hatten sie. In seiner Straße wohnten nur

Jungens, im CVJM waren nur Jungens; Mädchen kannte er nur aus der Ferne. Mit weichen Knien war er beim ersten Mal die Treppe zur Tanzschule hochgestiegen. Zwei Taschentücher gegen den Schweiß, aber er scheute sich, sie herauszuziehen. Alle würden sehen, dass er sich ständig die Hände abtrocknete. Verstohlen rieb er sie am Hosenbein trocken. Zum ersten Mal ein Mädchen im Arm, ihre Hand lag in seiner, und mit der anderen umschlang er ihre Taille. Was würde sie von ihm denken, wenn er zitterte?

Diesmal stand Brunhilde günstig, fast gegenüber, ein paar rasche Schritte, schon wäre er bei ihr. Zu Hause hatte er geübt, wie er „Darf ich bitten?" sagen würde. Es war ihm, als sähe sie zu ihm her.

„Jetzt dürfen die Herren die Damen auffordern."

Clemens war losgerannt, kaum dass Frau Bandilla zu Ende gesprochen hatte. Er stolperte über die Füße seines Nebenmanns, strauchelte, fiel der Länge nach hin und rutschte Brunhilde vor die Füße. Ein anderer machte das Rennen. Welche Schmach!

„Die anderen tanzen. Bitte, jetzt!"

Frau Bandilla zog ihn in die Ecke an das Tischchen mit den beiden Cocktailsesseln, ging zum Kühlschrank und kam mit einer Cola zurück.

„Ich bin auch schon gestürzt, der ganze Saal war voll. Stellen Sie sich vor, beim Schlussball! Mein Gott, war mir das peinlich! Aber was ist daran so schlimm? Einen Abend lang haben die Leute geredet und dann? Längst vergessen. So interessant ist das nun auch nicht, wenn jemand hinfällt. Hauptsache, Sie haben sich nichts getan. Der Boden ist nun mal so glatt. Das passiert bei jedem Kurs. Meist fallen die Damen hin mit ihren schicken Schuhen. Gleich geht's weiter, da machen Sie wieder mit. Wegen so einem Quatsch geht man nicht nach Hause."

Sie musste gespürt haben, dass er gehen wollte.

„So, bitte wieder Aufstellung, die Damen hier, die Herren dort, Damenwahl diesmal!"

Plötzlich stand Brunhilde vor ihm.

„Jetzt stellen sich die Herren den Damen vor und umgekehrt."

„Clemens Bause."

Wie eine Schnecke klebte die Zunge am Gaumen. Er hatte vergebens geübt. Sonst war sein Mund nie trocken!

„Brunhilde Wald."

„Ich weiß", sagte er tonlos.

„Tanzhaltung! Nochmal langsamer Walzer!", kommandierte die Lehrerin.

„Und diesmal bitte, die Herren, achten Sie darauf: Beim Vorwärtsschritt kommt der Fuß zwischen die Beine der Dame. Große Schritte, nur mutig. Wir tanzen hier, das ist kein Ringelreihen!"

Brunhilde hob den Arm, legte Clemens die Hand auf die Schulter.

„Na?", sagte sie erwartungsvoll, weil er sich nicht rührte.

Er wischte die Hände trocken. Das Jackett verbarg die Schweißflecke am Rücken und unter den Armen. Den Fuß zwischen ihre

Beine, das würde er nicht können. Allein die Vorstellung machte seine Knie weich. Frau Bandilla korrigierte unnachsichtig: „Größere Schritte, Herr Bause, es sieht ansonsten sehr gut aus!"

Beim Hinausgehen fing ihn Brunhilde vor der Treppe ab.

„Du tanzt prima, Clemens. Lädst du mich zum Eis ein? Ins Belli? Da gehen alle hin."

Nichts lieber als das, aber es war das erste Mal, dass er mit einem Mädchen ausging. Was sollte er mit ihr reden? Brunhilde machte es ihm leicht. Sie schien seine Verlegenheit nicht zu bemerken, schwatzte munter drauflos und ersparte ihm peinliche Pausen. Er musste an seinen Vater denken, der zu sagen pflegte: „Männer können eine ganze Stunde über ein Thema reden, Frauen brauchen dazu nicht einmal ein Thema."

„Mensch, du bist ja vielleicht einer. Ausgerechnet du und die Schwarze! Geht ihr miteinander?"

Die Jungs seiner Schule neideten ihm das schönste Mädchen des Kurses.

„Krumme Beine hat sie", sagte einer.

Clemens ließ ihn reden. Krumme Beine hatte sie nicht.

„Die hat ja einen Bart", sagte ein anderer.

Brunhilde hatte keinen Bart. Zwischen Nase und Oberlippe war ein zarter dunkler Hauch. Wenn sie ins Belli gingen, schob er immer ihren Stuhl so hin, dass die tiefstehende Nachmittagssonne auf ihr Gesicht fiel. Dann leuchtete der Flaum rötlich wie die Härchen der Raupen, die er in einem Glas zum Schmetterling werden ließ.

„Wo wohnst du?", fragte er, als er sie zum ersten Mal zur Haltestelle begleitete.

„Osterfeld. Und du?"

„An der Grenze zu Mülheim."

„Schade, das ist ja ganz entgegengesetzt. Bis Dienstag dann", sagte sie beim Einsteigen und reichte ihm die Hand.

„Schlafen Sie, Bause?"

Er schlief nicht, guckte aus dem Fenster und tagträumte von Brunhilde.

„Kommen Sie an die Tafel, Bause, und machen Sie die Kurvendiskussion! Hier, nehmen Sie die Kreide."

„Ich seh schon, Sie brauchen noch etwas Übung", sagte er, als Clemens mit hängenden Armen ratlos an der Tafel stand.

„Setzen Sie sich! Ich gebe Ihnen ein paar Aufgaben mit, da können Sie heute zu Hause üben. Morgen habe ich die Lösungen auf meinem Tisch, verstanden?"

Clemens nickte. Morgen würde er fehlen. Seine Mutter würde ihm die Kopfschmerzen glauben und die Entschuldigung schreiben. Um nichts in der Welt würde er wegen der Strafarbeit die Tanzstunde am Nachmittag versäumen.

Noch nie hatte Clemens einen Menschen geküsst, nie hatte ihn jemand geküsst. Seine Mutter tat so etwas nicht. Seit Tagen dachte Clemens an nichts anderes. Er würde Brunhilde küssen, aber wie es anstellen? Müsste er sie um Erlaubnis fragen? In den Filmen hatte er es anders gesehen. Da rissen die Männer die Frauen an sich. Die Frauen zappelten, wehrten sich, drehten den Kopf weg, manche trommelten mit Fäusten auf die Brust des Mannes. Der ließ sich nicht beirren, sein Griff war stark, er presste seinen Mund auf ihren, und schon sank die Frau in sich zusammen. Clemens wollte es nicht glauben, aber offenbar machte der erzwungene Kuss sie willenlos. Manchen schien es sogar zu gefallen. In vielen Filmen hatte er es gesehen, also würde es wohl stimmen. Joachim Fuchsberger machte es so, Clark Gable, die anderen auch. Er würde es ebenso machen, würde Brunhilde an sich ziehen, und wenn sie sich wehrte, wäre sie wohl einverstanden. Musste er sie heftig küssen oder lieber zart, ihr die Zunge in den Mund stecken? Die anderen prahlten mit ihren Erfahrungen. Er probierte es an seinem Handrücken.

„Gehen wir wieder ins Belli?", fragte er nach der Tanzstunde.

Beim Eis neigte er sich über den Tisch und senkte die Stimme: "Ab heute darfst du mich Tiger nennen."

„Lass den Quatsch! Clemens gefällt mir."

„Dreh bitte mal den Kopf ein bisschen! Noch ein Stück! Und jetzt nach links neigen! Gut, bleib so!"

„Was soll das?", fragte sie.

„Da seh ich dich besser."

In Wirklichkeit brachte so die tiefstehende Sonne den feinen dunklen Flaum auf der Oberlippe zum Glühen. Heute würde er sie küssen.

„Bringst du mich zur Bahn? Es ist spät. Meine Mutter wird immer ganz ungeduldig, und wenn ich nach neun komme, wird sie böse."

Die Straßenbahn verlangsamte die Fahrt. Brunhilde streckte zum Abschied die Hand aus.

„Bis Dienstag dann."

Clemens ergriff die Hand, zog Brunhilde zu sich heran. Seine Lippen glitten an ihrem Mundwinkel ab, rutschten die Wange entlang, und am Ohr machten sie Halt.

„Tschüss", sagte er und drehte sich um. Wie war es so peinlich! Vielleicht sollte er sie beim nächsten Mal doch um Erlaubnis fragen.

„Herr Bause, Sie sind nicht bei der Sache", rügte Frau Bandilla in der nächsten Stunde. Nein, immer wieder hing sein Blick an der Tür; vielleicht hatte sie eine Bahn später genommen. Am Dienstag darauf kam sie nicht und auch eine Woche später nicht.

„Fräulein Wald hat sich abgemeldet", sagte Frau Bandilla.

Clemens würde sie finden, er würde ihr schreiben, besser, sie anrufen.

Die Telefonzelle roch nach Urin und kaltem Zigarettenrauch, im Telefonbuch fehlten etliche Seiten. Wald, sein Finger glitt die Spalte entlang. Wie viele namens Wald es doch gab! Er riss die Seite heraus, wählte eine Nummer nach der anderen und strich die Namen durch.

„Nein, hier gibt es keine Brunhilde."

Morgen würde er weitermachen.

„Brunhilde? Ja, ich hol sie. Mit wem spreche ich denn?"

Er nuschelte einen Namen.

„Brunhilde", rief die Stimme.

„Was ist?"

„Telefon für dich."

„Wer denn?"

„Hab ich nicht verstanden, klang so undeutlich:"

Clemens hörte rasche Schritte, dann nahm sie den Hörer auf; im Hintergrund quietschte die Straßenbahn.

„Hier ist Brunhilde", sagte sie.

Clemens hörte sie atmen, sie musste rasch gelaufen sein.

„Hallo! Wer ist denn da?"

Clemens hatte sich nicht vorbereitet; er blieb stumm.

„Hallo! Warum reden Sie nicht?"

Er legte auf.

Gute Idee

Alle außer Pit waren gegangen.

„Noch einen Absacker?", fragte Bernd.

„Ich bin schon blau. Was meinst du, wie ich nach Hause komme?"

„Schlaf doch hier, auf dem Boden. Ich hab noch ne alte Matratze, die legen wir unter, das schläft sich wie im Hotel."

„Alte Matratze? Wie alt ist die denn?"

„Keine Ahnung, schon paar Jahre. Stammt noch von meiner Mutter, und die hat sie wahnsinnig geschont."

„Sag mal, so alte Dinger schmeißt man doch weg. Deine Mutter ist doch vor ewigen Zeiten abgehauen. Hast du mal was gehört von ihr?"

„Nee, interessiert mich auch nicht. Das Letzte, was ich von ihr weiß, ist, dass sie in Argentinien mit irgend so einem Viehzüchter zusammen ist. Aber die Matratze ist noch gut. Du kannst sie ja mal angucken.

„Nee, da lauf ich lieber nach Hause. Hast du noch einen?"

„Greif zu! Stell dich nicht so an! Wenn du im Hotel übernachtest, weißt du auch nicht, wer vorher drin geschlafen hat, ob die einer vollgeschissen oder vollgekotzt hat."

„Die legen doch so eine Unterlage rein, wo nichts durchgeht."

„Ich war mal am Rhein in so 'ner Pension. Die Matratze war noch aus Adolfs Zeiten, war aber nicht schlecht. Komm, nimm nochmal, auf zwei Beinen kann man nicht stehen."

„Und, wie fühlt sich's an, jetzt, wo du fünfzig bis?"

„Nicht anders als gestern, eben ein Jahr älter."

„Was machst du jetzt in nächster Zeit?"

„Weiß noch nicht. Ich hab noch zwei Wochen Resturlaub vom vergangenen Jahr und dreißig Tage an Überstunden. Die nehm ich jetzt."

„Und, fährst du weg?"

„Keine Ahnung, vielleicht schon. Ich hol noch 'ne Flasche. Aufräumen kann ich morgen."

Bernd brachte den Schnaps.

„Obstler aus dem Schwarzwald. Erstklassig. Ich kenn die Besitzer."

„Ich bin ja genauso alt wie du", sagte Pit, „hast du auch so ein schlechtes Gedächtnis?"

„Und wie! Ich geh runter in die Waschküche, und dann weiß ich nicht mehr, was ich da wollte. Oder beim Einkaufen. Da vergess ich den Zettel zu Hause, und hinterher fehlt die Hälfte. Neulich hab ich statt Diesel Super getankt."

„Hab ich auch schon gehabt. Andersrum ist schlimmer. Aber was mir neulich passiert ist! Da hab ich an die Liese gedacht, und, glaubst du, da ist mir der Name nicht eingefallen. Erst am nächsten Tag wieder. Neulich hab ich einem erklärt, wie er eine Lampe anschließen soll. Ich hab gesagt, das grüngelbe Kabel kommt in die Klemme, das braune auch, und das blaue kannst du abkneifen, das brauchst du nicht. Erst hat er einen Schlag gekriegt, und dann ist die Sicherung rausgeflogen."

„Ja, Scheiße ist das mit unserm Kopf."

„Da sollte mal einer was erfinden, so was wie Rohrfrei für den Abfluss. Oder noch besser, das was sie mit dem Wasser machen, die Wiederaufbereitungsanlage."

„Wiederaufbereitungsanlage, das ist für Atom. Aber du hast Recht, so was Ähnliches", sagte Bernd.

„Da hab ich doch zufällig heute was in der Zeitung gelesen. Das passt. Ich glaub, ich hab die Zeitung mit. Wo ist eigentlich mein Mantel?"

„Die waren doch alle im Schlafzimmer auf dem Bett. Da wird er wohl noch sein."

„Die les' ich auch", sagte Bernd, als Pit zurückkam und Bernd die vier großen roten Buchstaben auf der Titelseite sah. „Die schreiben wenigstens die Wahrheit."

„Genau", pflichtete Pit ihm bei. „Was glaubst du, warum ich die lese. Nicht wegen dem Sport. Das interessiert mich sowieso nicht. Die hat ja nicht viele Seiten, aber immer das Wichtigste. Die anderen Zeitungen sind doch nur verlogen, genau wie das Fernsehen. Die sind doch alle gekauft. Kannst du dich noch an die Weltmeisterschaft erinnern?"

Bernd nickte. Ihm fielen fast die Augen zu. Er war schon mal eingeschlafen, als Pit so viel auf ihn eingeredet hatte.

„Stimmt doch, Bernd, alle haben geschrieben, die Weltmeisterschaft wäre gekauft gewesen. Aber die hier", er klopfte auf die Zeitung und breitete sie auf dem Tisch aus, „die hier hat gesagt, was Sache ist. Da waren die anderen still. Hier, hier ist der Artikel, siehst du?"

„Gehirnwäsche im Iran", las er vor. „Das wär doch was! Schläfst du, Bernd?"

„Was hast du gesagt?"

„Im Iran bieten sie Gehirnwäsche an."

„Gehirnwäsche, was soll das denn sein?"

Bernd wirkte wacher.

„Keine Ahnung. Aber du weißt ja, die Chinesen sind viel fitter als wir. Iran ist da ganz in der Nähe. Die haben doch schon Radio gehabt, als wir noch in Höhlen gesessen haben."

„Das wär doch was für uns."

„Eben, das mein ich. Paar Tage Urlaub dort, Hotel, Gehirnwäsche, und wir kommen wie neu zurück. Was glaubst du, wie die andern staunen. Die Elfie ist doch sowieso scharf auf dich, dann erst recht."

„Ich hab so was von der Türkei gehört."

„Nein, das ist was anderes. In der Türkei machen sie Haarüberpflanzung", korrigierte Pit.

„Nee, ich mein das schon richtig, Haartransplantation, heißt das nicht so? Der frühere Trainer von Bayern, wie heißt der noch, der hat das doch auch machen lassen?"

„Ja, nicht nur der. Hier, dieser Politiker doch auch, und der Sänger, der vor kurzem gestorben ist."

„Welcher Sänger?", fragte Bernd.

„Na, der hier." Und Pit sang ein paar Takte: „Dadada, dadada, dadada. Erinnerst du dich"?

„Das kostet zweitausend Euro. Du fliegst hin. Am Flughafen steht einer mit einem Schild, Pit Fiedler steht da drauf. Dann geht's ab in's

Hotel, am nächsten Tag eine Sitzung, dann noch eine, schon fertig."

„Wo nehmen die die Haare her?"

„Von überall, wo du welche hast. Du kannst dir ja einen Bart wachsen lassen und den Rest hinterher wieder abmachen. Wenn der Verstand kommt, weichen die Haare. Dann müssten sie eigentlich wiederkommen, wenn der Verstand verschwindet, wie bei uns beiden."

„Ich komm mit in den Iran. Wir könnten Detlef fragen, vielleicht kommt der auch mit. Der hat neulich einen Grand mit Vieren vergeigt. Wenn das nicht Blödheit ist, dann weiß ich nicht. Der braucht auch ne Gehirnwäsche. Wenn ich dran denk, werd ich ganz kribbelig."

„Du kennst doch überall Leute, Pit. Hast du keine Verbindungen in den Iran?"

„In Thailand kenne ich ein paar, aber nicht im Iran."

„Und wo machen die das mit der Gehirnwäsche? Steht das auch in der Zeitung?

Gibt's da irgend so ein Studio oder eine Gehirnwaschanlage?"

„Ich hab nichts gesehen. Wir können ja mal ins Reisebüro gehen. Vielleicht wissen die was?"

„Oder die Botschaft fragen."

„Willst du da anrufen und sagen: „Entschuldigen Sie bitte, ich will in Ihrem Land mein Gehirn waschen lassen, können Sie mir sagen, wo?" Ich wüsst auch gern, wie die das machen."

„Hochdruckreiniger, durch die Ohren."

„Quatsch. Vielleicht Bestrahlungen, ich hab so was gelesen. Weißt du was, ich nehm noch einen Schnaps, dann geh ich nach Hause."

Pit kippte ihn hinunter und legte den Kopf auf die Tischplatte.

„Nur noch einen Moment ausruhen." Aber da waren die Augen schon zu.

Bernd weckte ihn mit einem Kaffee.

„Ich glaub, das war 'ne Schnapsidee mit der Gehirnwäsche. Wir können doch beide kein

Chinesisch oder was die da reden, Englisch
können wir auch nicht, und die sprechen kein
Deutsch. Ich meine, wir sollten uns das aus
dem Kopf schlagen."

Ganz dahinten, das muss Zankborn sein

Von Saulberg war er losgelaufen. Das Feuerwehrhaus mit dem roten Dach sah aus wie damals, daneben der Sportplatz mit dem schiefen Tor, das keine Farbe mehr hatte. Sein Auto stand im Schatten alter Bäume beim Friedhof. Vier Stunden war er gelaufen. Eine halbe Stunde noch, dann wäre er wohl am Ziel.

Der Rucksack stand neben ihm auf der Bank. Ohne hinzusehen, kramte er nach der Büchse. Ein Apfel, eine Möhre, ein Butterbrot. Die Ebene lag wie eine aufgeschlagene Zeitung unter ihm. Viel hatte sich geändert. An der Stelle des Gutshofes qualmte ein Kraftwerk. Neue Straßen durchschnitten die Felder, rot gedeckte Häuser im früheren Sumpfgebiet. Die Stiefel drückten; am Auto könnte er sie ausziehen. Rechts, nicht mehr weit, das Ziel, das rote Dach.

Ganz in der Ferne, der Flecken, das musste Zankborn sein. Früher hatte er die zwei Handvoll Häuser rings um die Kirche gut ausmachen können. Waren es die Augen oder der Dunst nach dem Regen am Vortag? Jetzt lag die Landschaft wie hinter einem dünnen Schleier. Für einen Augenblick riss die Wolkendecke auf, und ein vorwitziger Sonnenstrahl huschte hindurch. Dann blitzte es golden auf. Max sah ihn nicht, aber es konnte nur der Hahn auf dem Kirchturm sein.

Zankborn. Vielleicht war der Streit um eine Quelle Pate dieses seltsamen Namens.

„Ich bin euer Klassenlehrer. Mein Name ist Bornwasser, Walter Bornwasser."

So hatte sein erster Schultag begonnen. Ohne abzusetzen hatte der Lehrer in feinen Schwüngen seinen Namen an die Tafel geschrieben.

„Born ist ein ganz alter Ausdruck für Quelle oder Brunnen, Bornwasser ist also nichts anderes als Brunnenwasser."

Sprudelwasser hatten sie ihn hinter seinem Rücken genannt, später nur noch Sprudel.

Generationen von Schülern hatte Lehrer Sprudel kommen und gehen sehen.

Vor ein paar Monaten waren sie sich auf dem Wochenmarkt begegnet.

Nichts drängte Max. Er sah dem dünnen Mann mit dem Rollator zu, wie er in der Tiefe der Einkaufstasche nach dem Geldbeutel suchte, wie seinen unsicheren Händen die Münzen entfielen, noch bevor der Händler sie ergreifen konnte. Max hob sie auf. Dabei trafen sich ihre Blicke. Der alte Herr verstaute Geldbeutel und die Tüte mit den gekauften Walnüssen.

„Ich kenne dich. Du bist Max. Sei gegrüßt, mein Lieber!"

Dünn wie der alte Mann war seine Stimme.

Max suchte in seinem Gedächtnis wie in der Schublade, in die er alles steckte und dann nicht wiederfand. Sei gegrüßt, so sagte hier keiner. Hier hieß es „Grüß Gott", „Griaß Eahna" oder „Servus." Konnte es sein? Den Gruß kannte Max von seinem alten Lehrer Bornwasser; keiner sonst verwendete diese Formel.

Wie war er klein geworden, krumm, zitterig, faltig, die brüchige Stimme. Eine schlechte Kopie von damals.

„Ein Gläschen am Morgen?", fragte Herr Bornwasser. Max setzte zu einer Antwort an, er hätte noch viel zu tun, vorbereiten, der Garten, kochen.

Es klang nur wie eine Frage. Herr Bornwasser dirigierte Max mit seinem Rollator vor sich her zu dem Käsestand, und es war klar, dass er keine Antwort erwartete.

„Hier haben sie auch einen schönen Wein", erklärte er.

„Wie immer?" Die dicke Frau hinter der Theke hatte bereits die Flasche Weißwein zwischen den Knien und zog den Korken heraus.

„Sie auch?" fragte sie Max, während sie das erste Glas füllte.

„Für ihn auch." Herr Bornwasser gab die Antwort. „Und zweimal Käse."

Zu Max sagte er: „Das ist einer der Höhepunkte in jeder Woche."

„Wie alt bist du?" Sie hatten sich einen der runden Stehtische ausgesucht, Herr Bornwasser saß auf der Ablagefläche seines Rollators.

„Diesen Monat werde ich sechzig", antwortete Max. Herr Bornwasser sagte zu allen seinen ehemaligen Schülern „Du" und sprach sie mit Vornamen an. Keinem wäre es eingefallen, den Lehrer zu duzen und Walter zu sagen. „Ich kenne euch alle noch. Na ja, einige liegen unter der Erde. Dich habe ich sofort an deinem nervösen Augenzwinkern erkannt. Du wirst schon sechzig? Donnerwetter!" Er hob sein Glas, hielt es einen Augenblick gegen die Sonne und ohne Max dabei anzusehen, sagte er:

„Zum Wohl! Und wie ist deine Lebenserwartung?"

Was war das für eine Frage? So eine hatte ihm noch nie jemand gestellt. Er hatte sich auch keine Gedanken darüber gemacht. Lebenserwartung! Wenn er Glück hätte, könnte er noch dreißig Jahre leben, als Frau vielleicht noch ein paar Jahre mehr. Max kam sich nicht besonders alt vor, angesichts einer attraktiven Frau fühlte er sich eher wie zwanzig, bis der Blick in den Spiegel ihn wieder einnordete. Er brauchte keine Medikamente, ihm tat selten etwas weh, und so würde er gern hundert werden. Aber das zu sagen, kam ihm unbescheiden vor, und so antwortete er:

„Na ja, vielleicht achtzig."

„So was wollte ich hören", sagte Herr Bornwasser und entblößte beim Lachen zwei Zahnlücken.

„Das dachte ich mir. So reagiert ihr alle. Ich frage nach der Lebenserwartung, und ihr antwortet mit einer Zahl. Besteht das Leben nur aus Quantität? Wo ist seine Qualität? Hat euer Leben außer Länge auch noch Tiefe? Mehr erwartest du nicht vom Leben? Zahlen es machen doch nicht aus!"

Aus Verlegenheit trank Max sein Glas leer.

Bist du zufrieden, hatte ihn der alte Lehrer noch gefragt, da waren sie schon beim zweiten Gläschen. Zufrieden? Max hatte viel erreicht, er war geachtet. Man respektierte ihn. Man beneidete ihn. Zufriedenheit, wie fühlte sich Zufriedenheit an?

Nicht lange darauf hatte er an dem frischen Grabhügel gestanden. Ein kleines Holzkreuz mit der Namenstafel steckte schief in der Erde, da, wo in der Tiefe der Kopf sein musste. Geräuschlos hatte sich Walter Bornwasser aus dem Leben davongemacht.

„Nicht dem Leben mehr Jahre geben, sondern den Jahren mehr Leben", stand auf der Tafel geschrieben. Das hatte er auch auf dem Markt gesagt, als sie sich zum Abschied die Hand gereicht hatten.

Ganz dahinten, das musste Zankborn sein.

Raser gesucht

Gestern war Chefarztvisite.

Ich hätte ihn für den Tagesschausprecher gehalten, wenn nicht das Schild auf seinem weißen Kittel anderes ausgewiesen hätte. Ich schätzte Professor Dr. Eigenbild auf 38, so alt wie meinen jüngsten Bruder. Er hätte auch Tennisspieler oder Skilehrer sein können. Von denen habe ich eine ganze Reihe unter meinen Bekannten. Alle sehen sie ähnlich aus: groß, dünn, nach der Mode gekleidet, auf den Haaren die Ray-Ban-Sonnenbrille und, als erwarteten sie auch im Sommer einen plötzlichen Kälteeinbruch, einen roten Pullover über die Schultern, die Ärmel locker auf der Brust verknotet. Wie meine Tennisspieler trug auch dieser smarte Arzt einen Fünf-Tage-Bart.

„Wissen Sie, warum Sie hier sind?", fragte er.

„Es sollten einige Untersuchungen gemacht werden, sonst weiß ich nichts."

„Warum die Untersuchungen gemacht wurden, wissen Sie nicht?"

„Nein."

Der Arzt war zur Tür gegangen, dann aber zurückgekehrt und fragte:

„Aber dass die Polizei Sie hergebracht hat, das wissen Sie, oder auch nicht?"

Ich zuckte die Schultern.

„Schon, aber nicht, warum."

„Jedenfalls, morgen können Sie nach Hause gehen. Wir haben nichts gefunden, also kein Grund, Sie länger hier zu behalten. Alles Gute, Herr Sontheim, Wiedersehen!"

„Besser nicht", sagte ich ihm hinterher; er hörte es schon nichts mehr.

In der Regel lese ich nur die Überschriften in der Zeitung, aber den Sportteil gucke ich genauer an. Selten mal, dass ich einen Artikel zu Ende lese. Es war ein paar Tage her, da fiel mir eine Überschrift auf: „Raser gesucht". Die erste Zeile begann: „Die Polizei sucht einen Raser…" Weiter las ich nicht, legte die Zeitung weg, zog mich feiner an als sonst – sie sollten einen guten ersten Eindruck von mir haben – und machte mich auf den Weg zum Präsidium. Ich dachte, ich könnte einfach hineingehen in das Gebäude, aber der Uniformierte hinter der Glasscheibe an der Pforte hielt mich auf und fragte nach meinem Anliegen. Ich wolle mich bewerben, sagte ich.

„Personalabteilung, zweiter Stock, Zimmer 215."

Ich dankte höflich und stieg die Treppen hoch. Blaue, schwarze und grüne Uniformen kamen mir entgegen. Zimmer 215. Ich klopfte, aber niemand antwortete, also öffnete ich vorsichtig die Tür.

„Ich habe nicht „herein" gerufen", bellte es von drinnen. „Draußen warten!"

Es verging geraume Zeit, ohne dass ich jemanden sprechen hörte. Mag sein, dass der Beamte mich vergessen hatte, also klopfte ich vorsichtig erneut.

„Herein!"

„Guten Morgen."

„Was wollen Sie?"

„Ich komme auf die Annonce in der heutigen Zeitung.“

„Was für eine Annonce? Ich weiß von keiner.“

„Na, die mit dem Raser. Sie suchen doch einen Raser. Ich denke, ich bin geeignet für den Job.“

„Haben Sie das Inserat dabei?“

„Nein. Wenn ich fertig bin mit der Zeitung, werfe ich sie meiner Nachbarin in den Briefkasten. Wir teilen uns die Kosten.“

„Warten Sie nochmal draußen, ich überprüfe das!“

Es vergingen einige Minuten, während derer ich im Flur auf und ab ging.

Der Beamte rief mich wieder zu sich.

„Ich hab hier die Zeitung. Eine Annonce von uns ist nicht drin.“

„Doch, ich zeige sie Ihnen.“

Ich fand den Eintrag ohne langes Suchen.

„Hier, bitteschön.“

Der Beamte überflog die Zeilen, dann stand er auf und fasste mich am Arm.

„Kommen Sie mal mit!"

Im Erdgeschoss öffnete er die Tür zu einem Büro, wies auf den Stuhl:

„Platz nehmen, mein Kollege kommt sofort!"

Was ich denn wolle, fragte mich der Polizist.

„Ich möchte mich auf die Stelle als Raser bewerben", sagte ich.

„Wie bitte?"

„Ja, ich fahre sehr sicher Auto und gern schnell, seit 37 Jahren unfallfrei, und noch nie habe ich einen Strafzettel gehabt. Die Stelle als Raser interessiert mich."

Der Polizist hielt mit Schreiben inne, blickte mich an, als zweifelte er an meinem Verstand.

„Wir suchen keinen Raser."

„Ich kann doch lesen", widersprach ich. „Vor ein paar Wochen haben Sie einen Kinderschänder gesucht. Aber das wäre kein Job für mich. Eher noch der aus der vergangenen Woche als Geldautomatensprenger.“

„Sagen Sie, haben Sie getrunken?“

Ich schüttelte den Kopf.

„Drogen?“

„Nein.“

„Hat Ihnen vielleicht jemand etwas in ein Getränk getan?“

„Ich kenne keinen Jemand.“

„Den Ausweis!“

Im Sprechen griff er in eine Schublade und hielt mir das Gerät hin.

„Tief einatmen und so lange in das Röhrchen blasen bis es piept!“

Nullkommanull stand auf der Anzeige.

„Sind Sie mit einer Blutprobe einverstanden, Herr Sontheim. Jürgen Sontheim, das sind Sie doch? Das Bild im Ausweis sieht Ihnen nicht sehr ähnlich.“

Was sollte ich machen? Sie würden die Blutentnahme auch ohne mein Einverständnis durchführen.

„OK, Herr Wachtmeister", sagte ich daher. „Können Sie auch die Schilddrüse untersuchen? Ich hab seit einer Woche so einen Druck im Hals."

„Polizeihauptmeister", korrigierte er mich; es klang nicht freundlich.

Der Arzt nahm mir nicht nur Blut ab. Er ließ mich entlang der Fuge zwischen den Bodenfliesen gehen, ich musste auf einem Bein stehen. Dann leuchtete er mir in die Augen und stellte Rechenaufgaben.

„Jetzt frage ich Sie mal was", sagte ich zum Arzt. Wissen Sie, wieviel siebenmal sieben ergibt?"

Der Arzt sah mich verständnislos an.

„Feinen Sand", sagte ich.

„Den Wievielten haben wir heute?", fragte er.

Ich guckte auf die Datumsanzeige meiner Uhr.

„Sie sollen nicht nachgucken, Sie sollen das wissen!"

„Wissen Sie das denn immer?", fragte ich.

„Welcher Wochentag?"

„Dienstag."

„Nein, heute ist Mittwoch."

„Wer ist der Bundespräsident?"

„Prinz Eisenherz."

„Und die Hauptstadt von Deutschland?"

„Warten Sie, Chemnitz? Nein, Dresden."

Arzt und Polizist tuschelten miteinander.

„Unterbringen", hörte ich, und: „Geschlossene."

Der Arzt tat freundlich: „Wir sind der Meinung, dass wir Sie vorübergehend in eine Einrichtung bringen. Es ist notwendig, noch einige Untersuchungen durchzuführen. Am besten, Sie sind einverstanden damit."

„Nein, bin ich nicht."

„Wir haben den Eindruck, dass Sie für sich selbst eine Bedrohung darstellen, und deshalb können wir Sie nicht wieder nach Hause lassen. Wir machen die Untersuchungen und wenn alles in Ordnung ist, sind Sie bald zu Hause. Kommen Sie mit?"

„Also gut, wenn Sie mich so freundlich bitten", sagte ich.

Ein Polizeiauto brachte mich zur Klinik.

„Geschlossene Abteilung. Bitte klingeln!", stand an der Stationstür.

„Ich bin Schwester Agnes", begrüßte mich die junge Frau und reichte mir die Hand, „und Sie sind Jürgen, stimmt's?" Sie drehte sich zu dem Mann um, der ihr neugierig über die Schulter guckte und sagte freundlich: „Und du gehst bitte wieder zurück auf dein Zimmer. Das hier ist nichts für dich, Rainer."

„Ich kann dann gehen", sagte der Beamte und gab ihr ein paar Zettel.

Agnes schloss hinter mir die Stationstür. Dreimal drehte sie den Schlüssel um.

„Kommen Sie mit, Jürgen, ich zeige Ihnen jetzt Ihr Zimmer. Sie wohnen mit Ludger."

Ludger lag angezogen und mit Schuhen auf dem Bett. Er hatte sich zur Wand gedreht und reagierte nicht, als die Schwester sagte: „Ich bring dir hier Jürgen, ihr wohnt jetzt miteinander. Ihr werdet euch verstehen."

Ein Tag verlief wie der andere. Unter den Augen eines Pflegers musste jeder die ihm zugedachten Medikamente einnehmen.

„Was ist das?", fragte ich und zeigte auf die rote und die zwei weißen Tabletten in dem kleinen Plastikbecher.

„Die brauchst du. Das tut dir gut, das weißt du doch", sagte der Pfleger, auf dessen Brust ich „Friedhelm" las.

„Was hab ich denn eigentlich?", fragte ich ihn.

„Darüber darf ich keine Auskunft geben. Da musst du den Arzt fragen."

Gemeinsames Frühstück, anschließend Stuhlkreis. So nannten sie die Runde, wenn alle Patienten, Schwestern und Pfleger im Kreis saßen und jeder erzählen musste, wie es ihm ging.

„Ich möchte mal raus", bat ich Tobias, den jüngsten Pfleger. „Frische Luft schnappen."

„Das kann ich nicht entscheiden, da musst du die Ärztin fragen. Frische Luft hast du am Fenster."

„Du meinst gesiebte Luft, bei all den Gittern."

„Und wenn, aber frisch ist sie."

An der Hauswand lehnten zwei Leitern, daneben leere Eimer mit ein paar Pinseln darin. Endlich wieder zu Hause! Kaum hatte ich die Tür geöffnet, roch ich sie: Farbe, frische Farbe! Wie liebte ich diesen Duft. Die Bücherwand sah aus wie immer, Sofa, Tisch und Stühle standen, wie ich sie verlassen hatte. Auch die zwei Wochen alte Tageszeitung lag da. Ich hatte vergessen, sie der Nachbarin in den Briefkasten zu werfen.

Wo zuvor graue Farbe abblätterte, blitzten jetzt die Fensterrahmen weiß. Es war, als strahlte eine warme Nachmittagssonne aus drei gelben Wänden und brachte die vierte in hellem Lindgrün zum Leuchten; ich war zufrieden mit meiner Wahl. Dass meine Wohnung so schön geworden war! Die Maler hatten ihre Arbeit hervorragend gemacht.

„Machen Sie Urlaub, wir machen den Rest! Und kommen Sie zurück in ein neues Zuhause!"

In einer Konzertpause hatte ich im Programmheft geblättert und war auf der letzten Seite auf dieses Inserat des Malerbetriebs gestoßen. Mir war mulmig gewesen. Könnte ich völlig unbekannten Menschen für eine Woche meine Wohnung überlassen? Sie würden die Möbel beiseite stellen, alles schön abdecken und hinterher wäre alles wie zuvor, nur viel schöner, hatte der Meister versichert. Auf dem Tisch am Fenster stand eine Flasche Rotkäppchen-Sekt mit einem Kärtchen dran: „Meister Kieling dankt für Ihr Vertrauen."

Kein Smartphone, kein Rechner, keine Mails, niemand klingelte, keiner wollte was von mir, den ganzen Tag lesen, nichts als lesen. Wie war das herrlich. Ich hätte auch in ein Hotel gehen können, aber so waren es zwei wundervolle Wochen in der Klinik. Fast war mir wehmütig. Agnes, Friedhelm und die anderen, Ludger, der meistens schlief, Gerold, Anja, Sibylle, die Ärztin Nina Bundschuh, sie alle vermisste ich. Ich dachte an den prächtigen Gummibaum in unserem Zimmer; bis zur Decke reichte er. Wenn ich mit dem Finger ein Loch in seine Erde bohrte und die Medikamente darin vergrub, die ich unter der Zunge verborgen hatte, fühlte ich Tabletten und Kapseln. Aha, andere waren auch schon auf die Idee gekommen.

Inhalt Band *1*

Alltagsminiaturen Band 1
Ralph Jacob

Taschenbuch   **11,99€**
ISBN-13   978-3734719127
Verlag   BoD – Books on
                         Demand

Gebundenes Buch   **23,99 €**
ISBN-13   978-3734710162
Verlag   BoD – Books on
                         Demand

E-Book   **9,45 €**
ISBN-13   9783757864897
Verlag   BoD – Books on Demand

                         Für **Kindle** nur bei Amazon
                         erhältlich

Inhalt Band 2

Alltagsminiaturen Band 2
Ralph Jacob

Taschenbuch	**11,99€**
ISBN-13	978-3738611540
Verlag	BoD – Books on Demand

Gebundenes Buch	**23,99 €**
ISBN-13	978-3734742408
Verlag	BoD – Books on Demand

E-Book	**9,45 €**
ISBN-13	9783757893910
Verlag	BoD – Books on Demand

Für **Kindle** nur bei Amazon erhältlich

Ralph Jacob, geboren 1949

Lebt und arbeitet im Westerwald

Großvater

Vater

Ehemann

Liebhaber

Daneben:

Arzt und Psychotherapeut

Biologe

Physiker

Wanderer

Gitarrist

Maler

Weintrinker

Cordjackensammler